Un don presque parfait

Du même auteur

Documents

De quoi souffrez-vous docteur ?, avec Alain de Sédouy, éd. Olivier Orban, 1989.

Les Défis actuels de la santé publique, avec Daniel Defert, Mélanie Heard, Gilles Brücker et Jean Claude Ameisen, PUF/BRAINS, 2011.

Sida 2.0. Regards croisés sur 30 ans d'une pandémie, avec Didier Lestrade, éd. Fleuve noir, 2012.

Nous n'étions pas prêts. Carnet de bord par temps de coronavirus, éd. JC Lattès, 2020.

Roman

Comme un léger tremblement, Mialet-Barrault Éditeurs, 2022.

Gilles Pialoux

Un don presque parfait

roman

Mialet-Barrault Éditeurs
3, place de l'Odéon
75006 Paris

www.mialetbarrault.fr

ISBN : 978-2-0804-2953-7

À toutes les servantes écarlates.

1

Le retour de Santorin était éreintant de silences. Comme un voyage tout en creux affectif. Des heures mutiques passées dans un entre-deux qu'amplifiaient le retard du charter et l'attente sans fin des bagages à Orly à scruter le tapis roulant en rondes d'ivresse. Tels deux touristes hagards mais sans décalage horaire comme alibi, aspirés dans le siphon d'une vie de couple qui tanguait, les scellés à peine posés sur l'union. Pas une phrase échangée, du taxi grec à la conduite incertaine sur les routes sinueuses qui nous menaient du village d'Ammoudi à l'aéroport de Thira, jusqu'à l'ouverture de la porte blindée six points de notre appartement, rue des Petits-Oiseaux, dans le Xe arrondissement. Ou plutôt une seule, au moment de payer le taxi ; les seuls mots exfiltrés de sa bouche asséchée par une mise à distance qui dévissait notre couple : « On fait 50/50 ? » Nous devions trouver les racines de cette crise pour nous en extraire…

Je pourrais écrire des pages entières sur mon amour pour la bouche d'Alessandro, si singulière avec ce rictus en coin, pour ses pommettes saillantes et ses yeux pétillants, signe distinctif de son art accompli du sarcasme. Une grande et belle bouche aux lèvres finement ourlées dans lesquelles j'aimais tant me fondre comme j'aimais qu'elles fondent sur moi. Je m'étais toujours demandé comment un même organe pouvait à la fois véhiculer la haine ou l'effroi et distiller autant le plaisir. Et le désir encore. La bouche d'Alessandro figurait une diversité de mimiques en un abécédaire complet. À y réfléchir, j'aurais pu n'épouser que cette hyperoralité. J'en aurais fait mon lit. Mais Alessandro, comme mon amour pour lui, n'était pas réductible à cet organe. Sa mobilité pouvait néanmoins s'avérer dérangeante. Il avait le don de la déconnecter sur commande de toute émotion pour assener les pires duretés tout en vous hypnotisant de son acidulé buccal. Passant de l'entrouverture sensuelle au museau de tanche, par une contraction spontanée du muscle releveur de la lèvre supérieure. Rarissime sur le plan physiologique. Pour situer plus clairement l'image : une bouche à équidistance entre celle de Marc-Olivier Fogiel sous tension et du personnage d'Alice Morgan dans la série britannique *Luther*, en relâchement. Et que dire de ses mains, avec lesquelles il écrivait de belles pages sur mon corps ? S'il avait de belles mains d'homme, Alessandro possédait des doigts de femme. C'était sa part de féminité. Il avait une manière à lui de les mettre sur moi ou en moi, en une partition digitale qu'il composait sans me demander d'en tourner les pages. Et encore moins d'en apprécier la mélodie, à l'image de tant d'hommes. Alessandro aimait à répéter que mon corps avait révélé ses doigts. À l'écouter, de malhabile il serait devenu, sous mon désir, un expert en travaux manuels.

Une fois réinvesti notre appartement du dernier étage – que les primes annuelles et les stock-options d'Alessandro avaient transformé, bonifié, avec sa suite parentale, une chambre d'amis et deux chambres d'enfants vides d'attente –, Alessandro gravit en urgence l'escalier en colimaçon années 1930 jusqu'au rooftop arboré, de crainte que l'arrosage automatique ait disjoncté. Nous avions fêté notre pacs à visée administrative dans une superbe île des Cyclades, entourés de nos parents, de quatre témoins et d'une petite poignée d'amis. Il me semblait – où n'était-ce qu'une peur infondée ? – que ce voyage préfigurait une traversée du désert affective. Notre vie de couple, jusque-là magnifique, glissait dangereusement vers un empilage organisationnel et comptable avec une trame amoureuse qui s'affinait. Le pacs n'était qu'une étape, mais nous devions nous sortir de cette nasse. Était-ce la vie à deux sans enfants qui nous étouffait par son vide ? Ou le prévisionnel qui éteignait toute fantaisie, toute créativité ? Une certitude, tout était trop planifié : les voyages, les sorties, les dépenses, les coïts, les tâches domestiques, les réunions familiales. Un tableur Excel conjugal permanent. Tout juste si nous ne devions pas recourir à un Doodle pour faire l'amour. Cet appauvrissement était ponctué de mes saillies par SMS, que j'envoyais le plus souvent au beau milieu d'une réunion d'audit d'Alessandro, *senior associate* chez Ernest & Young, que je pressentais importante : « Tu me diras quand tu veux qu'on baise ? J'espère simplement que nous serons encore en couple à ce moment-là… »

L'imprévisible n'était que souvenir et la péremption du couple me hantait. Nous semblions former une microentreprise, une SCM, une Société conjugale meurtrie. Comme tant d'autres qui se perdent dans l'érosion d'un quotidien surexposé, sans en protéger l'essentiel. Pourtant il était certains signes qui ne devaient tromper personne. Notamment dans leur irréversibilité. Comme cet abandon de toute relance dans le dialogue, cette impossibilité de composer avec les césures, de revenir exactement là où le récit est resté suspendu par l'urgence d'un four qui surchauffe, d'un livreur qui sonne, d'un tire-bouchon introuvable. À chacun de ces intermèdes du quotidien, Alessandro oubliait où nous en étions, perdant l'objet même de la discussion et nous égarant au passage. Une anecdote sans intérêt sur un malade, une référence à une de mes séances de psy, ou un récit badin d'une virée à vélo dans le Paris d'Hidalgo. Il était happé par son devenir et me laissait m'éloigner sans y prêter attention.

La veille du retour de Santorin, nous dînions tous les deux à la bougie dans cette maison blanche aux volets bleu Klein louée pour l'occasion. Alessandro franchit un palier de plus dans la flottaison de l'écoute lorsque j'abordai ma douleur de neurologue face aux malades graves, atteints de sclérose en plaques ou de la maladie de Charcot. Malades lourds dont le service où j'exerçais regorgeait. Je tentais d'expliquer combien cette partie noire de la neurologie m'envahissait et me mettait en danger. Comment cette confrontation avec tous ces corps englués dans la maladie tirait mon être vers le bas. Le chef de service, malgré sa couardise et son apparent déficit d'humanité, nous avait pourtant mis en garde. Ses interdits étaient censés nous protéger du malade grave, du patient lourdaud, du funèbre en veille, de l'infirme baveux et de la famille vampirisante. Plus encore du malade qui vous tatoue, vous imprime sa détresse. Parfois on ne sait comment maintenir les distances. Comme en écho aux paroles de la chanson de Léo Ferré que mon père passait en boucle, dans ses rares moments de doute et de repli :

Le malade concret et l'interne distrait
Sont allés boire un pot au café de la Morgue
Des vieillards le chéquier à la main à la banque
Faisaient des virements de testicules abstraits
L'embryon vaginé derviche dans le manque [1]

Nonobstant l'interdit mandarinal, j'avais bu nombre de « pots au café de la Morgue » avec des malades plus atteints les uns que les autres. Sorti de

1. Léo Ferré, *Words... Words... Words...*

l'hôpital, le coton rêche de la blouse ne me protégeait plus, moi qui étais tiraillé entre mon utopie de jeune médecin et la dure réalité des mourants. Et je n'avais cessé de le payer.

Mon récit – un peu long il est vrai pour l'attention flottante d'Alessandro – s'était ensuite hasardé sur les méthodes variées de suicide que j'avais épuisées mentalement, une à une, lorsque cette neurologie déshumanisée m'avait débordé. Plus j'y songeais, plus la méthode s'affinait. Et plus je m'en éloignais. J'avais très vite refermé l'idée du suicide, ayant passé trop de temps à sauver ma propre peau et celle de malades.

— Tu sais, je n'ai jamais pensé à mourir… repris-je. Le psy me le disait bien : "Il n'y a rien de morbide chez vous." Mais c'est la première fois, après ce semestre d'internat à la Charité, avec tous ces grabataires, que j'ai imaginé la manière dont je pourrais me suicider…

J'avais interrompu mon monologue sur ces mots. Alessandro devait bien en être à son troisième *saganaki*, un beignet local, et paraissait m'écouter. Ses yeux semblaient l'attester. Mais au beau milieu de cette phrase, dont il ne pouvait connaître l'issue, il s'était levé, prétextant que le plat de gambas vidé à la hâte dans la poubelle pouvait suinter. Et que cela sentirait trop fort quand l'agence viendrait établir l'état des lieux et qu'elle retiendrait une partie de la caution exorbitante. Sans sourciller, il avait descendu ledit sac dégoulinant à la lumière de son iPhone jusqu'à la grille du jardin en escalier où se tenaient les containers sélectifs. Une fois revenu, après une pause au passage pour consulter quelques mails de boulot, il avait tenté une relance aussi maladroite qu'inaudible : « On en était où ? Tu parlais de ton dernier stage à l'hôpital… ? »

Son écoute flottante me laissa ivre de colère, incapable de poursuivre. L'espace de discussion entre nous était trop envahi par la gestion du quotidien et par nos aménagements successifs de surfaces corrigés en loi Carrez. Par un empilage de crédits à gérer que sa situation financière permettait, et par son désir d'enfant qui débordait notre vie et allait en modifier le cours. En une très belle réussite comptable.

Notre rencontre, quatre années plus tôt, était pourtant le gage d'un bonheur durable. De celles qui peuvent tisser un couple en des mailles serrées et intemporelles. Un véritable produit d'appel pour salon du mariage. Ces couples que les amis citent comme modèle, mais avec une pointe d'ironie, lors des dîners : « Eux, c'est vraiment une histoire de cœur. » Comme si le hasard présageait de la durabilité ; hasard qui se glissa à pas feutrés en ce jour d'automne où les arbres de la rue du Faubourg-Saint-Antoine et du square Trousseau s'étaient habillés de fauve. C'était un jeudi 12 novembre, lendemain de célébration nationale mais, pour un cercle plus restreint, le lendemain d'une beuverie mémorable dans la salle de garde de l'hôpital Saint-Michel où j'exerçais. Jusque-là, l'automne était ma saison fétiche. Celle de ma naissance, de belles rencontres, des lumières flamboyantes avec le soleil à l'agonie et les couleurs chaudes des paysages pour les promenades solitaires au bois de Vincennes ou en bord de Seine. Il ne pouvait rien m'arriver de mal en automne. La fête se tenait dans une salle de garde à l'ancienne, paillarde, phallique et d'une vulgarité sans nom. Nettoyée depuis la vague #MeToo. Nous y fêtions le départ dans le privé d'un ami anesthésiste d'origine iranienne, Kamran, dont l'arrivée ce soir-là totalement nu et velu, lascivement allongé sur un brancard tapissé de feuilles de vigne et porté par quatre collègues en pagne, avait donné le *la* de la soirée. Une de ces fêtes carabines que j'abhorrais. Mais ma proximité depuis des années avec Kamran et sa toison noire ne m'autorisait pas à chercher une excuse pour justifier mon absence. L'alcool fut ce soir-là mon aidant. De danses agrémentées de quelques seins nus en chansons paillardes et en pogos, la soirée s'enfonça dans le pesant pour se terminer en accident à l'instant précis où Kamran, vêtu alors d'un simple paréo, s'étala de tout son long sur le sol de la salle de garde jonchée de verre brisé. Direction le bloc opératoire, où un chirurgien et un anesthésiste à l'alcoolémie du même tonneau le suturèrent. Onze points posés à la face interne de la cuisse gauche, rasée pour l'occasion, en une rectitude parfaite à faire pâlir les abstinents. Je rentrai alors chez moi, rue de la Folie-Méricourt, délaissant tout autre moyen de transport que mes jambes. Ma nuit solitaire fut agitée. Anormalement agitée au regard de mon niveau habituel d'insomnie, légendaire dans la famille, anticonjugal et économiquement pénalisant tant il y allait de ma survie de réserver deux chambres lors de nos voyages en couple. Cette nuit-là, je ne retrouvai plus mes repères entre Lexomil, masque de nuit et boules Quies.

Des douleurs intenses rongeaient le creux de mon estomac comme si un alien s'efforçait d'en sortir ; douleurs accompagnées d'une sensation de malaise étrange mise sur le compte du mélange d'alcools. Mon lit de célibataire semblait se mouvoir dans mon avant-sommeil comme un tapis volant de conte. Au petit matin, les vomissements me réveillèrent. Et cette souffrance intense qui ne se calmait point. J'appelai au secours Hugo, un ami urgentiste, qui me conseilla de contacter les pompiers, via le 15. Je n'en fis rien, décidant de retourner à l'hôpital Saint-Michel d'un pas mal assuré. Je verrais bien sur place avec les collègues. Je devais être à mi-chemin quand la douleur, d'une violence inouïe, redoubla, remontant le long de mon cou comme une hydre à quatre mains qui tentait de m'étrangler, enserrant ma poitrine et mon poignet gauche comme un bracelet de force. Comme dans mes pires cauchemars, j'avais l'impression de me débattre contre un ennemi invisible ; mes membres, ma parole étaient comme figés. Dernier souvenir ? Celui d'un bras passant et généreux qui tentait de soutenir mon insoutenable lourdeur. Puis plus rien. Le néant. Même pas la sensation de chute comme dans les films où le visage frappe le sol au ralenti. Un trou noir abyssal.

La première image qui m'est revenue a été celle de deux belles olives gorgées d'un vert émeraude couchées sur un lit orangé et rouge en un fondu automnal magnifique. Tel un signe apaisant à mon encontre. Ce n'est que quelques jours après que je compris qu'il s'agissait des yeux de l'homme qui m'avait sauvé la vie au milieu des pompiers affairés autour de moi sur le trottoir. Le reste fut retrouvé pièce par pièce, comme le puzzle d'un retour au monde à travers le récit des soignants du service de cardiologie. Quelques détails manquaient néanmoins. Je me devais de reconstruire le fil des événements. Il me semblait y voir un gage supplémentaire de survie. En passant devant la concession Peugeot, au 57 *bis* de la rue du Faubourg-Saint-Antoine, ma pompe cardiaque s'était mise brutalement sur le mode « pause ». Ou « off », selon ce que le destin allait décider. Un homme en costume en aurait jailli, jetant sa veste sur l'asphalte pour commencer un massage cardiaque salvateur jusqu'à l'arrivée des premiers secours. Selon le rapport médical que je reçus par la suite, l'homme me massa avec une belle énergie et au bon rythme. Conforme, semble-t-il, à mes conférences de cardiologie apprises par cœur : « Il vous faut masser cent fois par minute selon le rythme de la chanson *Stayin' Alive* des Bee Gees. »

Ensuite, tout serait allé très vite : masque à oxygène dans le véhicule du Samu encore à l'arrêt, cardioscope et perfusion, sirènes et route dégagée par deux motards vers l'hôpital de la Trinité et son service de cardiologie interventionnelle pour une coronarographie en urgence. Je ne conserve de cet élan vital que des images joliment colorées aux teintes pastel, en un nuancier de survie. On m'avait transféré du rouge orangé des pompiers dans un univers mobile tout de blanc habillé, le Samu sans doute. Les deux points vert émeraude n'étaient pas du voyage. Puis des murs d'un bleu azur à mi-hauteur défilèrent au pas de course. Le premier visage qui s'immisça dans ce défilé de couleurs était flouté par les effets de la morphine, et surmonté d'un bandana violet. En faisant remonter à partir de la face externe de mon poignet, au bout d'un long serpentin métallique guidé par les rayons X, cinq petits ressorts qui libérèrent mes coronaires pour protéger le cœur, cet homme me sauva la vie. Je me souviens aussi du rose des joues de la diététicienne, assise au bord de mon lit avec ses quelque quatre-vingts kilos, qui me répétait sans y croire : « Pas plus de quarante grammes de fromage par repas ! » Dernier souvenir colorimétrique, une fois installé en unité de soins intensifs : la couleur bleu-vert de l'énorme hématome quasi circonférentiel qui remontait du poignet droit jusqu'au biceps. Comme un tatouage de plus, raté et difficile à arborer en été. Le professeur Antonin – je ne me souviens plus si c'était son nom ou son prénom –, dans son récit plus précis de fin d'hospitalisation, avait minimisé son rôle au profit de l'homme qui avait assuré mon massage cardiaque à même l'asphalte. Il me prodigua au passage quelques conseils hygiéno-diététiques – je n'avais strictement aucun facteur de risque et n'avais jamais fumé la moindre cigarette – et me prescrivit trente séances de réadaptation cardiaque en salle spécialisée. J'allais pouvoir faire du cardio-training aux frais de la Sécurité sociale.

Après cinq jours d'hospitalisation, je sortais avec une ordonnance d'une page dans la voiture d'Hugo qui filait à l'allure prudente d'un octogénaire vers mon domicile. Avec une seule idée en tête : trouver le masseur urbain au costume pour le remercier. Et pour comprendre.

Après ma presque mort, j'ai mis des jours et des jours à pouvoir sortir de chez moi sans l'aide d'une tierce personne, marcher librement dans la rue, me faire à l'idée que ces minuscules ressorts instillés dans mes vaisseaux n'étaient pas des prothèses éphémères. Du temporaire, du résorbable. J'avais l'impression d'avoir dix ans de plus et ne me déplaçais qu'avec difficulté et appréhension. Le trottoir qui m'avait laissé un goût amer m'apparaissait comme un champ de mines. Je tentais de respecter à la lettre le précepte du cardiologue au bandana coloré : « Surtout pas de stress ! » Ma première sortie de cardiaque fut donc pour une concession Peugeot, rue du Faubourg-Saint-Antoine. Un vendeur boudiné dans un costume difforme vint à moi, sitôt la porte effacée : était-ce lui ?

— Bonjour, y aurait-il un modèle qui vous intéresse plus qu'un autre ? La nouvelle 5008 ? Ou plus petit, la 3008 ? Quels sont vos besoins ? Souhaitez-vous des conseils ou vous installer au volant d'un de nos véhicules… ?

— Excusez-moi, monsieur, je ne cherche pas une voiture, mais un homme, lui répondis-je en lui coupant la parole.

— … ?

— Enfin, je cherche l'homme qui m'a sauvé la vie, là juste devant votre magasin. C'était le 12 novembre dernier au matin, vers 9 h 30, je crois. J'ai fait un infarctus sur votre trottoir… Et je dois ma vie à son massage cardiaque. Pour inhabituel que ce soit, vous comprendrez ma démarche ? Peut-être est-ce vous, cher monsieur, mon sauveur ?

— Non, non, ce n'est pas moi, mais je comprends bien sûr, je vois ; sincères condoléances…

— Ce n'est pas tout à fait le terme, répliquai-je. Précisément personne n'est mort, grâce à lui.

— Attendez là, je vais me renseigner…

Le vendeur s'absenta de l'espace de vente de longues minutes, me laissant le temps de connaître le prix de la 5008 de base et de m'asseoir. Il revint des bureaux fermés au public avec ce qui semblait être une administrative, tout aussi engoncée dans une robe aux motifs champêtres hors saison, d'une taille en deçà, enveloppée d'un nuage de parfum qui ajoutait à son côté printanier décalé :

— On est vraiment désolés pour vous, dit la fleurée, mais ce jour-là c'était le responsable en chef des ventes qui était présent car nous avions un audit. Si vous pouvez repasser ce samedi, il pourra peut-être vous renseigner ?

Le samedi, je retournai en taxi chez le concessionnaire. L'homme qui détenait les clés de mon énigme était bien présent. Il ne parut pas surpris à l'énoncé de ma demande, que les boudinés avaient dû lui retranscrire fidèlement :

— Aah… c'est vous, le massage cardiaque ? Vous avez l'air en pleine forme, pourtant. J'ai peur de ne pas totalement pouvoir vous renseigner. L'homme qui s'est occupé de vous ne travaille pas ici. C'est un cadre d'une société d'audit située avenue de Wagram. Mais je peux rechercher son nom si vous le souhaitez ?

Le chef comprit à mon expression qu'il n'y avait pas d'autre réponse qu'affirmative et refit le coup de l'arrière-salle, mais en plus rapide.

— Son nom ? M. Di Marco, en deux mots ; j'ai même l'adresse de leur cabinet d'audit si vous le souhaitez.

Le temps de retrouver un taxi, le précieux Post-it en main, je filai vers le XVIIe arrondissement de Paris. Au bas de l'immeuble haussmannien, le pas encore mal assuré amplifié par l'émotion à l'idée d'un face-à-face avec « mon sauveur », je cherchais mes mots. À l'accueil, une fois passé le contrôle, l'hôtesse, une brune filiforme à la poitrine opulente, demanda le motif de ma visite.

— C'est personnel.

Je ne trouvai rien d'autre à répondre.

— Monsieur Di Marco, j'ai à l'accueil une personne qui n'a pas rendez-vous avec vous et dit que « c'est personnel… ».

Elle marqua un temps d'arrêt, posant sur le combiné sa main droite aux ongles démesurés au regard des impulsions répétées sur les touches qu'imposait son quotidien de standardiste d'accueil, visiblement gênée. Elle imaginait sans doute une de ces affaires privées qui viennent parfois déborder l'univers du travail, comme l'infidélité ou un divorce conflictuel. Parfois les deux réunis. Me revint alors une scène vécue lors d'un stage d'étudiant en neurochirurgie où mon N+1, la quarantaine, qui multipliait les gardes, les tonus en salle de garde, les infidélités sur le lieu de travail avec des étudiantes qui auraient pu être ses filles, avait vu débarquer lors d'une réunion de service sa femme et ses trois enfants. La femme, entrée avec un large panier tressé, avait étalé en silence une nappe à carreaux rouges et blancs sur la table de réunion, sorti des assiettes et gobelets en plastique et tout un pique-nique champêtre : une tortilla, des bagels, des muffins aux fraises et du vin de Croatie. La vue des enfants, si inhabituelle dans un hôpital d'adultes, avait glacé l'ensemble de la salle, personne n'osant s'éclipser ou s'exprimer et encore moins manger. La femme meurtrie n'avait eu que ces mots en libérant le contenu du panier : « Comme cela tu auras pour une fois l'occasion de manger avec tes enfants... » Une fois la scène clôturée par le départ brutal en un silence pesant de la femme et des enfants, nous nous étions jetés sur le buffet.

La standardiste aux extensions d'ongles se permit d'insister :

— M. Di Marco demande : « C'est personnel, comment ? »

— ... Euh, je voudrais simplement le remercier de m'avoir sauvé la vie.

Elle raccrocha subitement sous l'effet de ce qui devait être la réponse de l'auditeur et prit immédiatement un autre appel lumineux sur le standard. Une bonne dizaine de minutes après, un groupe d'hommes tous en costume-cravate uniformisé comme dans une publicité confluèrent vers l'accueil, signant probablement la fin d'une réunion. À deux mètres du groupe, je ne pouvais guère me tromper : ce devait être lui à gauche, avec le visage illuminé par deux yeux verts. Ce même vert émeraude qui avait imprimé ma rétine et mes souvenirs de trottoir, vert que rehaussait la matité de sa peau assortie d'une barbe brune naissante que je découvrais. Après avoir badgé il se sépara du groupe pour s'arrêter face à moi, à un mètre, interdit en une rectitude militaire, comme dans ces défilés de 14 juillet où mon père m'emmenait. Nous sommes restés quelques secondes dans un silence distant que je rompis au bout d'un temps qui me sembla infini :

— Vous voyez, je suis debout…

— Oui, je vois ça. Vous avez l'air en pleine forme…

— C'est ce qu'ils m'ont dit au magasin Peugeot. Vous aussi, vous avez l'air en forme ! répliquai-je, m'enfonçant un peu plus dans l'incongruité du dialogue.

Comme si d'avoir joué *Stayin' Alive* sur mon corps-mort amarré rue du Faubourg-Saint-Antoine pouvait avoir affecté un homme qui respirait tant la pleine santé, les repas bio à l'eau, la Terre d'Hermès et la salle de fitness. Trop de pensées se bousculaient dans ma tête, toutes sur le mode interrogatif : comment avec cette force pectorale que l'on devinait sous le costume cintré ne m'avait-il pas fait plus mal ? De quelle origine était-il ? Cette barbe sur ce teint mat, était-ce un signe religieux ? Où avait-il appris les gestes de premiers secours ? Peut-être avait-il l'habitude de sauver des vies en suivant parallèlement une carrière de pompier volontaire le week-end ? N'aurais-je pas dû venir avec un cadeau ? Un livre, une cravate ou, plus ridicule encore, un bouquet de fleurs, comme si on pouvait fixer le prix d'un sauvetage sur terre ? Comment trouver les mots pour le remercier ? Allais-je me sentir toute ma vie redevable ? Quelle image avait-il conservée de mon corps à même la pierre ? Dans quelle indignité étais-je lors de cette réanimation ? Après l'arrêt cardiaque, combien de temps étais-je resté « *no flow* », litote d'urgentiste pour signifier la période où la pompe cardiaque débranchée fait que le sang n'irrigue plus le cerveau, les pompiers ayant inscrit « moins de trois minutes » dans leur rapport ? Devais-je lui tendre la main ? L'embrasser ? Je n'y arrivais pas… Une nuée de points d'interrogation piquants attaquaient ma tête comme des guêpes ou, pire, des orgues de Staline dans une guerre des Six-Jours. Ma fréquence cardiaque augmentait d'autant. Mon front perlait et j'avais l'impression que mon visage tournait au spectral. J'abandonnai l'idée de l'embrassade et celle du serrement de main, les miennes étant moites. Et n'osais repenser au diktat cardiologique : « *No stress !* » Ce stress qui pourtant me serrait le cou dans ce hall impersonnel. J'avais l'impression de sentir le flux sanguin s'accélérer dans mes coronaires rénovées ; je devais maîtriser mes émotions. C'était mes tout premiers pas de cardiaque. J'apprenais le métier. Non, non, pensais-je, surtout pas la saison 2 du massage cardiaque, là sur le marbre glacial de ce hall d'immeuble impersonnel !

— Voulez-vous que nous allions prendre un café en face ? murmura-t-il avec une voix d'une infinie douceur, percevant mon désarroi, ce qui apaisa d'autant mes pulsations.

— Volontiers…

Nous avons traversé le boulevard accompagnés de sa prévenance vers une brasserie, vidée à cette heure de la clientèle du déjeuner. Malgré l'après-midi qui se faufilait à peine, je commandai un verre de sancerre blanc – le cardiologue ne m'avait rien dit au sujet de l'alcool – et lui avec un léger accent italien un expresso. Les écrans d'une chaîne d'information continue diffusaient des images de guerre. D'emblée il commença à répondre à mes questions comme s'il les lisait sur un prompteur intérieur :

— Vous savez, je n'ai aucun mérite. Je vous ai vu tomber à la verticale lorsque je discutais avec le chef des ventes. C'était assez impressionnant. J'ai pensé d'abord à un AVC malgré votre jeune âge. J'ai ouvert votre manteau, déchiré votre haut et le massage cardiaque a été très rapidement efficace, après deux ou trois petites minutes. Moins peut-être, je n'ai pas regardé. Puis les pompiers ont pris le relais, assurant le bouche-à-bouche en parallèle jusqu'à l'arrivée du Samu. Le plus compliqué a été d'écarter les curieux. Tout ce voyeurisme, cette fascination/répulsion vis-à-vis de l'urgence vitale que je hais. J'étais juste là au bon moment avec la chance d'avoir suivi plusieurs stages de secourisme comme en imposent les entreprises américaines. Ensuite, j'ai répondu aux questions simples des urgentistes. Et après être resté un court moment immobile, le camion du Samu est parti avec vous à l'intérieur.

— Mais comment pourrais-je vous remercier ?

— Vous n'avez pas à me remercier. N'importe qui aurait fait la même chose en pareil cas.

— C'est un excès de modestie ou de pudeur ? Vous minimisez votre rôle, non ? Je suis moi-même médecin, neurologue, mais je n'aurais pas eu votre efficacité. Vous avez fait plus qu'assurer, c'est ce que m'ont expliqué les cardiologues de la Trinité.

Je narrai alors à mon masseur de l'extrême l'histoire de la chanson *Stayin' Alive* et que bien d'autres encore pouvaient faciliter le massage cardiaque : *Rock Your Body* de Justin Timberlake, *MMMBop* des Hanson ou *Crazy in Love* de Jay-Z et Beyoncé...

J'en étais déjà au bout de mes quinze centilitres de blanc et aux termes des formules convenues qui ne pouvaient résumer l'ampleur de ma reconnaissance. Cet homme m'intriguait. Peut-être était-ce l'un de ces chemins de traverse que prend l'attirance. Ou une forme inversée du syndrome de Stockholm ? Le trottoir nous avait rapprochés mais il restait un parfait inconnu. Je ne savais rien de lui, ni au premier rendez-vous, ni au second où je lui apportai un de mes livres préférés. L'attirance n'en fut que plus insidieuse. En le quittant devant ce bar de la rue des Abbesses, j'eus cette formule dont je ne mesurais pas l'ambiguïté, ne sachant même pas s'il était en couple ou libre, hétéro, gay ou non pratiquant : « À l'occasion, je serais très heureux que nous puissions échanger sur autre chose que mon cœur. »

Une semaine après la scène du bar des Abbesses, Alessandro était venu à ma rencontre à la sortie de l'hôpital. Il n'avait pas téléphoné pour fixer un horaire et patienta côté sortie du personnel médical. Longtemps peut-être, avec le livre que je lui avais offert. Sa tenue, un jean noir slim en denim stretch lisse avec une chemise blanche recouverte d'un bomber à doublure orange et au grand zip, attestait qu'il avait dû télétravailler ou prendre une journée off. Surpris de le retrouver à quelques mètres de notre trottoir fondateur, je lui indiquai un café à la sortie de l'hôpital rempli d'étudiants en médecine bruyants et joyeux qui conversaient sans lâcher leurs téléphones portables. J'appris assez vite qu'après avoir vécu cinq ans avec une femme médecin il sortait, comme moi, d'une histoire dévastatrice de couple ouvert avec un autre garçon. De ces ouvertures sur une sexualité tierce qui peuvent élargir votre vie comme mettre en danger un couple. Il venait de prendre ses distances avec les plans cul, la PrEP, cette méthode de prévention du VIH par pilule bleue, et les rencontres sur l'application Grindr, pour se replier sur son boulot et sur la musculation. Sans attendre plus rien des rencontres. Notre histoire prit doucement son envol. La première soirée qui succéda au bar estudiantin fut « compliquée ». Formule que mon père utilisait toujours pour *métaphorer* un loupé complet sans rien en dire. Nous cherchions nos marques, surtout les miennes. J'avais le sentiment qu'il connaissait mon corps par cœur après l'avoir réanimé et cela affectait ma libido. Je n'arrivais pas à dissocier le sauveur de l'amant et je me sentais paradoxalement comme chez le médecin, dans cette profonde inégalité vis-à-vis de la nudité. Son corps presque glabre contrastant avec sa barbe taillée était magnifiquement sculpté, ses fesses surtout, dignes de figurer dans l'œuvre de Pierre et Gilles. Le mien sentait la salle de garde, les excès et la sédentarité malgré dix ans de moins qui ne se voyaient pas. Mes caresses étaient d'une efficacité parfaite au regard de l'absence de réaction de mon sexe aux siennes. J'étais malhabile avec le préservatif ce qui amplifiait ma défaillance. Alessandro se montra très patient. À l'inverse de cette recherche de la performance qui gangrène bien souvent la communauté gay. Il ne proposa aucune béquille chimique à mon incompétence. Ce premier long soir en forme d'impasse sexuelle, il me demanda finalement quel était mon film fétiche. Je lui répondis *Harold et Maude* au hasard. Un vieux film des années 1970 découvert en VHS au moment de débarrasser l'appartement de mes parents, à leur mort. Il en téléchargea une version anglaise sur une plateforme de vidéo à la demande afin de la regarder ensemble, bercés par la musique de Cat Stevens. Cette musique même que j'avais dans la tête à mon réveil dans ses bras.

Grâce à sa patience, nos nuits devinrent belles comme nos jours et nous en jouissions de façon progressive. Au bout de quelques semaines, pas un jour ensemble ne passait sans sexe. Ce fut ainsi durant deux bonnes années, dans le pointillé de ses déplacements et de mes congrès. Nous mêlions nos corps le soir ou le matin, l'après-midi parfois. Tantôt chez lui, tantôt chez moi avant que j'investisse son appartement du Xe dès les premières phases d'extension entamées. Nous avions institué un score que nous affichions avec les doigts, pour comptabiliser nos plaisirs. Avec des points marqués, des parties en plusieurs manches, et des T figurés avec les deux mains perpendiculaires comme au basket pour les temps morts. L'opposé d'une compétition adolescente, puisque nous jouissions tous les deux dans la même équipe. Il m'accepta encore en chantier, en kit avec ma neurologie en souffrance, mes failles béantes, ma réadaptation cardiaque et mon difficile apprentissage de la zen attitude.

Si la reconnaissance ne suffit pas à cimenter un couple, chez les gays comme chez les hétéros, mon énergie répondit pourtant parfaitement à la sienne. J'avançais pour ma survie, Alessandro pour son avenir. Notre complémentarité ne comblait pas des vides réciproques mais sommait nos qualités. Ses tableaux Excel étaient alors des panachés de nos escapades amoureuses, de La Couarde-sur-Mer à Rio de Janeiro. Les albums photos se remplissaient un à un. Je m'étais installé chez lui tout en louant mon propre appartement par sécurité. Tout allait pour le mieux dans le meilleur des couples jusqu'au moment où Alessandro imposa que nous fassions couple à trois, un *trouple* virtuel : lui, son désir d'enfant et moi. Quoi qu'il doive nous en coûter.

Je me sentais un étranger face à ce désir d'enfant. Impréparé et freiné par mes peurs. Comme lorsque nous étions de corvée de visite en maternité à l'invitation de nos couples d'amis hétéros. Ce moment où l'émotion remplissait entièrement la chambre de l'accouchée, tandis que l'assemblée était focalisée sur un gigot de 3,5 kilos, me débecquetait. En dépit d'un instinct paternel en jachère, je crois avoir détesté les bébés au plus profond de mes entrailles. Comme d'autres détestent les chiens, les Noëls, les cimetières, les repas de famille, la fête des Mères/Pères, les églises, les poussettes Yoyo, les réunions de parents d'élèves, les assemblées de copropriétaires… De façon quasi phobique. Et longtemps j'ai préféré la compagnie des hommes à celle des chiens. Et les chiens aux enfants.

2

Sans doute ai-je menti effrontément aux cardiologues de la Trinité sur mon absence de facteurs de risques cardio-vasculaires. Certes je n'avais fumé que deux cigarettes dans ma vie – et encore sans avaler la fumée –, fait qu'une tentative de joint avortée et refusé toute ligne de coke malgré de multiples propositions festives. Pas de poppers non plus. Un moine au pays des tentations. Mon poids rapporté à ma taille me situait plutôt dans le haut de la norme, à la limite du « sujet à risques ». Et l'alcool n'intéressait pas les spécialistes du cœur. Mais déjà lors de la mort de mes parents, à quelques mois d'intervalle, une douleur thoracique m'avait accompagné à la sortie du cimetière protestant de Nîmes. On avait suspecté une crise cardiaque durant les quarante-huit heures de bilan hospitalier pour finalement se rabattre sur le « syndrome du cœur brisé ». Magnifique nom pour une maladie sans étiquette, une maladie que l'on ne pouvait qu'aimer *a priori*. Le mal se manifeste par une déformation du cœur due à une très forte émotion : le décès d'un proche, une dispute avec l'amour de sa vie, mais aussi après autant d'événements plus positifs où les émotions peuvent vous submerger, au point d'avoir l'impression que votre cœur pourrait exploser. Et c'est effectivement ce qui s'était produit, sans aucun dommage. Dans les dîners, je me suis longtemps présenté comme une victime du syndrome du cœur brisé.

Tous les cardiaques mentent. Comme les alcooliques, mais en plus subtil. Sur la sédentarité – « Non mais, docteur, je marche au moins un kilomètre par jour » –, comme d'autres trichent avec leur consommation tabagique, leurs habitudes alimentaires, les antécédents familiaux et plus encore sur la gestion du stress. J'étais dans cette dernière case en ayant passé nombre d'années à me demander si le stress m'habitait ou si c'est moi qui l'avais investi. Tout n'était que stress : un examen, une rencontre, une absence de rencontre, une séparation, une réunion familiale, un voyage. Tout cela, comme mon muscle cardiaque, était à rééduquer.

3

« David, sais-tu où est le sac de *duty free* ? » demanda Alessandro aussi excédé qu'excité par le retour de Santorin.

Les bagages et les sacs plastique d'aéroport étaient encore posés à même le sol dans l'entrée. Je n'eus pas le temps de répondre que le téléphone fixe de l'appartement, qui ne sonnait jamais si ce n'est pour du démarchage commercial, retentit. Le répondeur s'était déjà déclenché, le temps pour tous les deux d'arriver en courant, animés par un curieux pressentiment. Alessandro fut le premier. C'était Bruce, le mari de Charmaine. Depuis plus d'un an, Charmaine était devenue la personne la plus importante de notre vie. Celle que j'appelais notre « mère porteuse » alors qu'Alessandro s'était fixé sur « femme porteuse ». Distinguo sur lequel nous nous sommes souvent disputés. Nous l'avions quittée à peine deux mois auparavant. Elle était rayonnante dans le cours de sa troisième grossesse, la première en tant que mère porteuse. Les jumeaux occupaient beaucoup de place dans son corps et dans son quotidien, à tel point qu'elle s'était mise en arrêt de travail. Elle exerçait dans un centre médico-social de la ville pour jeunes désocialisés en difficulté. Des enfants qu'elle accueillait parfois chez elle pour un séjour de répit ; une galerie de cas sociaux qui allait du fan du IIIe Reich aux passionnés des serpents venimeux. Tant de générosité avait achevé de nous séduire ; nous étions convaincus de son altruisme, que nous allions siphonner. Sur quoi Charmaine ne cessait de nous déculpabiliser par texto, ou lors de nos allers-retours transatlantiques :

— Vous savez, je ne me sens bien qu'enceinte... Cela peut vous paraître curieux. Je m'y sens en totale plénitude. J'ai l'impression d'être le ventre du monde. Même le regard des hommes change. La grossesse, au-delà des modifications de formes, érotise leur regard. Mais s'il peut y avoir du désir dans leurs yeux, c'est toujours dans le respect. Pour une femme active, c'est assez rare, ce temps suspendu. Je l'ai remarqué dès ma première grossesse. J'adore être enceinte. Je m'y sens belle. J'assume entièrement mon corps comme jamais et j'ose le mettre en valeur. Même avec les kilos en trop et les vergetures. C'est enceinte que je me sens le plus féminine ; j'apprécie tous les compliments qu'on peut me faire sans gêne alors qu'en temps normal, je suis mal à l'aise. Porter la vie et sentir le bébé bouger est aussi une joie. Je m'occupe un peu plus de moi, mon entourage est aux petits soins. Enceinte, je suis dans une bulle. J'ai eu la chance de ne jamais connaître le baby blues. C'est ma raison d'être de porter un enfant. Et alors cette fois, ces enfants que vous désirez tant… Ne vous inquiétez pas, on va y arriver… tous les six.

Nous savions Alessandro et moi combien c'était elle qui nous avait choisis et non l'inverse, vu l'état de l'offre et de la demande de la GPA dans cette région du monde. Bruce appelait de Vancouver, pour nous féliciter du pacs, pensions-nous. Mais sa voix était inhabituelle comme en témoignait son discours confus : *She is giving birth alors qu'elle n'est qu'à six months… you will lose the children, vous allez perdre les jumeaux*, répéta-t-il, *venez le plus vite possible si vous voulez les voir…*

La peine d'Alessandro descendit de Colombie-Britannique et le fit sortir de la distanciation. Il s'assit sur son sac de cuir, les coudes sur les genoux et les doigts écartés sur ses yeux verts à peine entrouverts. Comme pour laisser respirer ses larmes. Alessandro avait 1 000 ans ; les épaules rentrées dans le reste du corps, son visage semblait fondre comme une figurine de cire au soleil. Il parlait par salves, à la limite de l'audible. Pour la première fois je l'entendis répéter, à voix basse :

— Mes enfants, mes enfants, on ne les aura jamais… Mes enfants, mes enfants…

Dans l'instant, je ne prêtai pas attention à cet attelage pronominal lourd de sens : son possessif opposé à notre pronom personnel indéfini.

En se levant, il me prit tout en pleurs dans ses bras si fortement que nos larmes et nos tremblements se mêlaient. Ses bras et mes jambes tremblaient, son désir d'enfant qui était devenu le nôtre se mit à saigner. Je ne l'avais jamais vu dans un tel état alors que mon thorax qu'il pressait si fort contre le sien faisait remonter l'épisode salvateur de la rue du Faubourg-Saint-Antoine. Ma peine nimbée de sidération rejoignit la sienne. Nous n'avions pas fait tout ce chemin de croix procréatif écartelés entre la France, le Canada et les États-Unis, à l'instar de la plupart des couples recourant à une mère porteuse, pour nous arrêter aux portes de la prématurité. Toute cette attente, après cinq échecs au stade de la conception *in vitro*, tout cet argent dépensé pour que tout se termine là. À seulement trois mois du but, trois petits mois de gestation, avant ces naissances que nous attendions tant et qui devaient influencer tout le reste de notre vie. Même si ces jours ne nous étaient pas dus. Rien d'ailleurs ne nous était dû. En dépit du recours à deux cabinets d'avocats, trois compagnies d'assurances, des contrats signés à la pelle, des agences de sélection de mères porteuses et de donneuses, des groupes de parole et des tribunaux consultés. C'était la règle de ce qui n'était pas un jeu : en tant que mère porteuse, Charmaine n'avait aucune obligation de résultat. Elle n'était que « dédommagée » à la mission – selon la loi canadienne, une mère porteuse n'est pas rétribuée mais défrayée sur factures, faute de quoi les couples risquent dix ans de prison et 500 000 dollars canadiens d'amende –, mais pas à la naissance. Nous n'étions pas dans les tableaux prévisionnels avec des objectifs d'efficience affichés en regard des moyens déployés ; Alessandro avait tout prévu jusqu'à l'obsession durant ce long processus de couple en quête d'enfants sauf l'imprévisible, le facteur humain. Et Charmaine, la femme/mère porteuse de notre vie, qui avait déjà deux beaux enfants nés à terme, n'y était pour rien. Nous le savions l'un et l'autre sans avoir besoin d'échanger. Nous avions eu la chance de rencontrer via l'agence CPC gestion notre porteuse d'espoir après un an de recherches. Mais cette fois, nous avions rendez-vous avec l'imprévu : ces deux bébés portés n'étaient pas encore nos enfants. L'agence avait bien proposé un rabais pour deux GPA différées, avec congélation des embryons, au prix cassé de 25 %, mais aucun de nous deux ne se voyait refaire une seconde fois ce chemin de croix. À la sortie du ventre de Charmaine, ils ne dépasseraient pas le kilo chacun, selon les prévisions optimistes de l'échographiste. Vivraient-ils ? Et si oui dans quel état ? Les deux seraient-ils vivants ou un seul, selon la dure loi gémellaire du plus fort qui l'emporte ?

Une fois qu'il eut raccroché, Bruce avait pris le temps de préciser la situation, en français cette fois et par SMS : « Ils vont lui faire une césarienne, les petits sont "en souffrance" a dit le médecin, et elle a déjà beaucoup saigné. On en est à vingt-sept semaines seulement. Elle les sentait bouger dans son ventre ces derniers jours, ça battait la chamade, et puis de moins en moins. Alors nous sommes allés aux urgences. Elle est vraiment désolée… Venez vite ! Je vous envoie l'adresse de là où ils les transfèrent et la suite par mail que vous trouverez dès votre arrivée à Vancouver. »

Pendant qu'Alessandro défaisait fébrilement les valises pour les refaire, je me jetai sur les sites d'Air France et d'Air Canada. Aucun Paris-Vancouver disponible, le site imposait une escale à Seattle ou Amsterdam et au moins douze heures et demie de vol. Cela nous permettrait de métaboliser l'appel de Bruce et de tenter d'imaginer l'avenir avec le pire en filigrane. En le voyant ranger et déranger à la hâte ses vêtements j'entendis, malgré la peine, sa calculette intérieure, lui qui avait jusque-là tout payé ou presque de notre GPA : la césarienne : + 40 000 dollars, le voyage en classe affaires (pas de place en éco) : + 8 796 euros, les semaines de réanimation néonatale : + 470 000 dollars en vision basse, la vie à deux sur place : + 37 000 dollars, les frais d'avocats supplémentaires… À ce train-là, nous n'allions pas pouvoir rester longtemps dans notre zone de confort.

4

Avant qu'Alessandro ne m'impose cette vie à trois, je suis né à l'aune de ce chiffre : le 3 janvier 1983, troisième de la fratrie et à trois kilomètres d'Uzès dans le Gard. Comme une prédestination pour le triptyque. D'une mère dite « au foyer » dans l'ombre d'un père longtemps militaire de carrière, colonel au dernier comptage. Après qu'il eut quitté l'armée, son travail est sorti des écrans radars de ma mère et de ses trois enfants. Il voyageait beaucoup comme « consultant en stratégie », mais ses destinations – l'Afghanistan, la Turquie, l'Ouzbékistan – nous ont toujours laissés penser qu'il était « espion » ou quelque chose s'en approchant comme en rêvent parfois les enfants. Dès lors, il se tut sur ce qu'il faisait.

À l'heure où s'écrivent ces lignes, nous ne sommes plus que deux sur les six de la cellule familiale. Mes parents sont morts en tout début de vieillesse à quelques mois d'intervalle, mon frère aîné d'une leucémie et ma petite sœur d'une malformation cardiaque associée à une maladie génétique à l'âge de

8 mois. Du début de ma vie, je n'ai pas mémorisé grand-chose. Des souvenirs en images mais bizarrement peu de son. Comme après une explosion lorsque le *blast* vous assourdit. Même si je pense avoir entendu, en dépit de cette surdité de situation que j'ai mis des années à m'expliquer sur le divan, un mot de deux lettres ancré depuis dans ma mémoire : PD, incrusté dans les « histoires drôles » que mon père rapportait de la caserne. Un mot-boulet, ponctué de ses rires, que j'allais me traîner durant toute ma scolarité. Deux lettres entendues peu après celles de DCD, à la mort de ma sœur quand j'avais 10 ans. À tel point que dans ma tête d'enfant, les mots d'adultes les plus durs semblaient ne comporter que quelques lettres. Des mots qui claquaient, vifs comme des saillies. Des mots qu'on ne peut retenir en soi une fois qu'ils surgissent à peine construits par le cerveau puis sont transmis aux cordes vocales. Irrattrapables par essence. Mais le son du mot DCD s'est estompé avec le temps et les rires de l'enfance qui s'éloignaient. Après que Pauline fut emportée d'une malformation cardiaque qui rend les enfants bleus, et d'une trisomie 21. De Pauline, il ne m'est resté que son sourire, trop beau pour être vrai. Et l'obliquité de ses fentes palpébrales, sur les photos. Ainsi qu'un berceau blanc en bois qui gît encore sous les combles du grenier à Dic-sur-Terre et cette inscription tombale, au cimetière protestant de Nîmes, tout au fond de l'allée 16 : « *Ici repose un ange.* » Il est clair que notre arbre généalogique

brutalement élagué par sa perte m'a longtemps empêché de me projeter en tant que futur père. C'était déjà difficile en tant que gay… Le souvenir ancré des deux bouteilles d'oxygène devant le lit de Pauline à l'âge de la fin de l'école primaire, qui peupla longtemps mes cauchemars et les séances de psy qui en découlaient, ne m'ont pas aidé, plus tard, à désirer un enfant.

Mon père était un être détestable que je n'ai pourtant jamais réussi à pleinement détester. Est-ce parce qu'il était mon père ? Ou parce que cette détestation m'a aidé à me construire contre elle ? Costume rayé croisé dans le civil, ordre du Mérite, Légion d'honneur, chevalière aux armes de la famille, baisemain et stature altière, il ressemblait à un véritable parpaillot hautain. Ils étaient de ces hommes bien nés qui ne sont que certitudes et mépris de classe. Les problématiques n'existaient que si elles entraient dans son champ de préoccupations. Son style empesé, sa manière de tendre la joue et la main en même temps, tête baissée, pour vous embrasser sans poser les lèvres, trahissaient sa froideur. Pas l'once d'un mal aux autres, selon l'expression de Jacques Brel. Toute sa vie, il tenta d'enfermer ma mère dans la négation de sa fille en moins. Considérant que « rien ne servait de ressasser le passé ». Tout était à son nom : la maison de Dic-sur-Terre, l'appartement familial, le portefeuille d'actions. Bien que tout provienne de sa généalogie à elle. Même ma mère était à son nom. Sa vie entière, elle demeura ainsi dans son ombre qu'elle habitait. Sombre et éteinte avec lui, lumineuse avec ses enfants.

Il revendiquait haut et fort sa caste, celle des fins de race. Amoureux des particules et des mariages princiers, il alternait avec ma mère la lecture du *Monde diplomatique* et de *Point de vue, Images du monde*. C'est dans ce grand écart que j'ai grandi. Féru d'histoire, la nôtre et celle du monde, il était très attaché à tout le mobilier des maisons familiales dispersé à chaque succession et qui s'amassait au fil des héritages alors que l'évolution désargentée de la famille réduisait les espaces de vie. Tant et si bien que les pièces principales de nos appartements successifs, au gré de ses prises de fonctions militaires, devinrent des musées où les bibelots sans date envahissaient l'espace mais restaient à « toucher avec les yeux », selon la formule paternelle, et les fauteuils Louis XV sans valeur marchande, « interdits aux enfants ». Dans la maison de Dic-sur-Terre, il avait confectionné un arbre généalogique en trombinoscope ordonné en un vaste tableau à l'encadrement finement doré et doté d'une minuscule serrure. L'ensemble couvrait quatre ou cinq générations. Il en détenait la clé, au sens propre comme au sens figuré. Décidant qui devait y apparaître ou en disparaître. Favoris de ses ciseaux efface-mémoire : les divorcé(e)s, les demi-frères et certaines « pièces rapportées » qu'il jugeait impropres à trôner en son arbre. C'est lui et lui seul qui gérait les bannis. À la place des ronds et des carrés figuraient de petites photos d'identité, de ces photographies que l'on fait dans les halls de gare ou découpées dans de vieux clichés jaunis. Dans la partie inférieure droite du tableau, il y avait ma sœur et moi dans un espace bien trop vaste pour nous deux en bons derniers de lignée. Cette relative vacuité contrastait avec l'intensité procréative du reste de la famille aux portées de quatre à six encore vivants. L'arbre était bien fourni, excepté en ce coup de vent qui l'avait effeuillé tout en bas à droite. Le visage de ma mère y figurait à ses côtés. La vie passagère de notre frère et de notre sœur y était matérialisée par deux petites croix huguenotes. Lorsque nous passions devant ce tableau généalogique, j'avais coutume d'imprimer à l'œuvre mémorielle une rotation d'un quart de quadrant vers la gauche. Comme pour évoquer la loi gravitaire de la horde de cousins face à notre binôme esseulé. Mais avec ma sœur, nous l'aimions, cette solitude à deux ainsi figurée. Nous nous posions souvent devant ce tableau de la famille et de nos ascendants en apprenant toujours quelque chose du roman familial. Mon père aimait y tester mon absence de velléités à repeupler cette enclave généalogique. Son regard semblait tour à tour teinté d'attente et de haine. Comme le baromètre de notre relation père-fils. Et chaque fois la même question, entendue depuis bien avant l'âge du bac :

— David, tu penses que tu pourras un jour faire un effort pour nous repeupler un peu le bas du tableau ?

— … Je te jure, papa, dès que je me décide tu seras le deuxième à en être informé.

Une fois la maturité atteinte, il m'arrivait d'ajouter : « En attendant, je pourrais y mettre les photos de mes amours. »

Cette provocation le laissait ivre de doute quant au genre de l'être aimé, qui lui semblait incertain. Alors que mes propres désirs louvoyaient. Son élégance, son phrasé mitterrandien, sa noblesse déchue laissaient place tout à coup à une vulgarité sans bornes. Comme un lourd rideau de théâtre qui s'effondrait sur mon âme. Dévoilant tout ce que l'humain peut contenir de détestation violente, de jurons, d'insultes qui se logeaient dans une seule boîte à haine : son homophobie. Il en connaissait tous les anathèmes, sans pour autant en faire la distinction sémantique : *pédé, fiotte, tarlouze, pédéraste, pédale, pédophile, tapette, tantouze, travelo, tafiole, grosse tante*. Et j'en oublie. Il en inventait parfois en des mots dont je m'efforçais de trouver le sens. Comme « étendard », allusion à quelque chose qui flotte dans le vent et à sa chère armée française. Armée où – c'est bien connu – il n'y a aucun homosexuel. Comme une métaphore de toutes les souillures dégueulasses dont selon lui on pouvait affubler un jeune homme dont l'orientation sexuelle pouvait s'avérer non conforme à son idéal de père. Sauf que j'étais son fils.

Longtemps le mot « pédé » m'est apparu étranger, violent et lointain. Je ne comprenais pas comment mon père paraissait en distinguer la complexité, les secrets, alors que je n'en étais qu'aux prémices de l'appréhension. Comme Édouard Louis, ce mot d'identité habillé en juron, « je le répétais des milliers de fois dans ma tête comme si à force de le répéter j'aurais pu découvrir quelque chose de moi-même [1] ». Comment mon père du haut de son homophobie avait-il su, avant que je ne le sache moi-même, que j'étais gay ? Et du plus profond qu'il me revienne, c'est sous l'invective paternelle, comme la prescription du symptôme, que je fis ma première incartade sur le Minitel avec l'intitulé « cherche rencontre avec un homme gay », recherche restée longtemps sans suite. J'avais répondu à une première annonce suivie par des échanges de SMS. Il avait l'air beau sur la photo du site, bien plus âgé. Un dimanche où ils étaient tous partis à une fête militaire, j'avais proposé de le rencontrer à la maison. Il avait sonné une fois, puis une autre, puis encore plus longuement en laissant le doigt appuyé sur la sonnette. Je n'avais pas osé m'approcher de l'œilleton pour voir s'il était conforme à la photo. Je n'ai jamais ouvert. Restant tapi dans l'ombre de l'indécision. Incapable de bouger. Je suis retourné sur le site, où d'autres garçons postaient des photos d'un sexe en érection censé être le leur, et je me suis masturbé. Puis j'ai pleuré sur ma couardise.

---

1. *Changer : méthode*, Seuil, 2021.

Pour autant l'image paternelle ne saurait se réduire à cette homophobie qui transpirait de tous ses pores. De mon homosexualité telle que perçue dans le regard parental, je dirais aujourd'hui que mon père l'a toujours supposée et que ma mère l'a simplement enfouie au plus profond d'elle-même. Dès l'adolescence, les silences de ma mère et les questionnements de mon père devinrent de plus en plus pesants. Du fait de ses prises de fonctions militaires qui changeaient tous les quatre ou cinq ans, nous déménagions sans cesse. Avec deux conséquences : mon père jetait la plupart de nos souvenirs d'enfants à chaque déménagement et toute relation humaine durable n'était qu'un vain espoir. La plus réussie et la plus longue de ses mutations fut un poste d'attaché militaire au consulat général de France à Boston, au 31 Saint James Avenue. J'allais y atterrir dès la fin du collège et y rester jusqu'au bac. Ma différence, surtout au travers du regard des hommes plus âgés, commençait à peine à prendre des couleurs en France que nous devions déjà déménager du Vésinet à Boston. Longtemps mes relations y furent réduites au néant. Durant près de deux ans je n'eus aucun ami, fille ou garçon, parmi mes camarades de classe du lycée international, situé à Cambridge. Tout au plus lors de ma première année, avions-nous avec le fils du consul inventé une sorte de jeu de cache-cache-bite. Munis chacun d'une lampe torche, dans les locaux immenses et désertés le dimanche, nous devions nous retrouver l'un l'autre, cachés mais pantalons baissés. Dix ans après je l'ai revu, par hasard, autour d'un baby-foot dans un café du boulevard Pasteur, en face du lycée Buffon dans le XVe : nous étions visiblement gênés par l'incertitude réciproque de savoir si cela n'avait été que des jeux d'adolescents. Un peu plus tard je rencontrai David, un prénomonyme d'origine flamande qui m'aborda dans l'immense médiathèque du lycée international. Plus âgé, il commençait sa terminale et ne semblait pas avoir envie d'échanger sur le charme de la francophonie à l'étranger. Nous avions sauté à la sortie du lycée dans un taxi blanc pour filer vers Harvard, le long de Newton Arlington Street, en bordure de Charles River, que doublent en lignes ordonnées des cyclistes, coureurs de tous styles, bodybuildés fous de rollers compris. C'est dans les jardins aux couleurs d'automne de la prestigieuse université, où nous rêvions l'un et l'autre de pouvoir passer une année à 50 000 dollars, que nos mains s'étaient trouvées. Puis que nos bouches avaient suivi la même inclination. Alors que nous étions revenus dans sa chambre d'étudiant, je le trouvai bien trop expérimenté pour moi. Notre relation sexuelle s'arrêta assez rapidement après que j'eus joui dans sa bouche et décliné son invitation à plus encore. Je ne me sentais pas prêt. Nous allions rester amis à défaut d'être amants.

Des cadeaux mémorables, signes de l'incertitude parentale quant à mon orientation sexuelle, ponctuaient mes anniversaires. Pour mes 15 ans, mes parents m'avaient offert l'*Encyclopédie de la vie sexuelle* publiée par Hachette et considérée depuis comme un modèle d'ordre sexuel : domination masculine, marginalisation de l'homosexualité, la masturbation qui rend sourd, l'hétérosexualité vue principalement sous l'angle reproducteur. Pour mes 16 ans, outre un immonde sweat-shirt rouge aux couleurs de l'équipe locale de base-ball, les Red Sox, mon père avait trouvé un ouvrage éducatif sur la sexualité des femmes… Sans illustrations et tout en anglais. Pour mes 18 ans il eut la délicieuse idée de m'offrir un *date* dans un restaurant. C'était aux États-Unis la mode du *dating*, ce jeu de l'oie ultra-codifié de la rencontre amoureuse. Le parcours type était le suivant : après s'être rencontrés, ou avoir échangé sur le Net, un homme et une femme décident de boire un verre (le premier *date*). Un texto proposant un deuxième rendez-vous, trois jours après le premier verre, vient entériner la réciprocité de l'attirance. Tout aussi formel que le premier rendez-vous, le deuxième *date* est cependant plus engageant autour d'un repas, format de socialisation censé aller *crescendo*. Le troisième *date* implique généralement un cinéma, un bowling, un concert, une patinoire… Le quatrième *date* est supposé se conclure par le passage à l'acte.

Mon père se moquait comme d'une guigne des usages et des statistiques et avait organisé un *blind date* le jour même de mon anniversaire. Avec une certaine Jennifer, fille du responsable américain de la sécurité au consulat, de deux ans mon aînée. « Surprise » qui se doublait d'une réservation pour deux au Top of the Hub, sur Boylston Street, en haut d'une tour de bureaux improbable, où il faut laisser son identité au concierge pour monter dîner. Une tour en bout de galerie perchée au-dessus des routes et des échangeurs de Downtown Boston, une galerie sans âme où l'on croise jusqu'à tard le soir des hommes d'affaires affairés, en chemise unie malgré – 10 °C, et des femmes, tout aussi affairées en tailleur sombre et baskets fluo. Où tout est si faussement *great* ou *fine*. Le repas était à l'image de ce lieu impersonnel et de sa population d'un ennui abyssal. Jennifer ressemblait un peu à une bimbo avec des ongles de trois centimètres. Je ne me souviens d'aucun sujet de conversation, seulement qu'elle avait choisi le même menu que moi – comme signe de je ne sais quelle abnégation ? –, une *caesar salad*, un cheese-cake sans coulis et un verre de chardonnay des vignes de Francis Ford Coppola. Jennifer paraissait bien plus que son âge et le serveur ne nous avait rien demandé. Elle ne toucha pas à son verre de vin qu'elle finit par me tendre du bout de ses doigts filiformes, sans doute par compassion devant l'incongruité du rendez-vous organisé à mon insu par mon propre père. C'est à cet instant précis, mes lèvres posées sur ce second verre, gage d'ivresse, que je compris combien mon père avait coulissé du doute à la certitude et qu'il n'avait de cesse de me provoquer. Qu'en guise de cadeau d'anniversaire, il se foutait de moi et plus encore de mon orientation sexuelle. Je me devais d'y répondre.

Le lendemain, nous étions réunis tous les cinq à déjeuner pour la séquence familiale de mes 18 ans. Ma mère avait sorti la vaisselle de porcelaine à bordure dorée et les couverts aux armes de nos ancêtres. De la cuisine s'échappaient des effluves de Thanksgiving. Dès l'arrivée sur la table des œufs mimosa qu'elle avait préparés pour moi avec amour, mon père me questionna : « Alors, cette Jennifer, elle est comment ? Tu l'as trouvée à ton goût ? »

Je me levai subitement de table, renversant ma chaise et bombant le torse comme un soprano d'opérette, méconnaissable aux yeux de mon frère et de ma sœur. Pour la première fois j'avais envie de porter la main sur lui, mais me revenaient ses récits d'entraînement commando. Je me ravisai :

— Je vais vous dire, ce *date* c'était encore une provocation infâme de papa, comme vos encyclopédies, vos allusions, vos cadeaux débiles. Je suis homosexuel, gay, pédé, quoi ! Je m'en doute depuis l'âge de 5 ans. Maintenant j'en suis certain. Il n'y a aucun déshonneur, aucune honte. C'est comme ça. Je n'ai pas choisi d'être ce que je suis, comme on ne choisit pas d'être juif… Et si papa pouvait ranger sa haine des pédés au fond de ses sacs militaires, il me laisserait vivre !

Maman se mit à pleurer et je lui emboîtai les larmes. Mon frère et ma sœur étaient tétanisés et mon père plastronnait dans sa lâcheté confinée :

— Je le savais depuis longtemps ! Je l'avais même dit à ta mère, mais elle ne me croyait pas. Et c'est quoi, cette référence au judaïsme ? On est protestants.

Et d'ajouter : « Tu n'as pas le sida en plus ? »

— Papa, c'est pas possible, t'es vraiment dégueulasse ! Vous ne recevez pas de formation sanitaire dans l'armée française ? Tu sais qu'il existe plusieurs moyens de ne pas attraper le VIH ? Le préservatif, par exemple, que tu dois bien sûr connaître avec tes nombreuses manœuvres à l'étranger… Sinon va sur Internet. Allez, salut, tchao, basta… je me tire de cette famille de dégénérés. Et les frangins qui ne disent pas un mot ?!

J'enfilai à la hâte, après quelques œufs mimosa et un verre de prosecco, le sweat rouge des Red Sox jamais porté ainsi qu'un blouson. Je quittai la maison en bois jaune par la porte arrière, côté jardin, emportant un minimum de rechanges et d'affaires de toilette. Mon premier réflexe en sortant fut de téléphoner à Jennifer. Pour m'excuser du *date* catastrophique de la veille. Je la retrouvai dans un Starbucks juste en face de chez ses parents, à quelques blocs de la maison. Elle n'était pas maquillée, les cheveux détachés et bien plus jolie. Je lui expliquai les raisons de notre dîner à contre-courant et du déjeuner familial écourté. Son écoute et son empathie comblèrent une partie de ma première après-midi d'homme. Prétextant une halte aux toilettes, elle revint avec un cheese-cake (sans coulis) surmonté de deux bougies fontaines. Je me souviens encore de notre discussion qui se prolongea jusqu'à la fin du jour ; ce fut la première personne *gay friendly* que je rencontrai de ma vie. Elle vivait entourée d'amis gay, essentiellement afro-américains, avec qui elle aimait écumer les lieux homos, festifs et tolérants de Boston. Elle me raconta comment, à deux reprises, elle avait tenté d'entrer, « juste pour voir », avec ses copains dans un bar gay, déguisée en garçon, les cheveux lissés sous un bandana, les seins écrasés par une bande de strapping. Et que par deux fois ses ongles la trahirent lorsque le « physio » de l'entrée lui demanda derrière son judas d'enlever les mains de ses poches. Elle me décrivit néanmoins l'ambiance spéciale de ce type de lieux relatée par ses copains, avec une pièce obscure, dite *backroom*, entièrement vouée au sexe anonyme et multipartenaire. Mes yeux s'écarquillaient. Autant par ce que je découvrais que par les risques que j'en percevais. Sur un coin du set de table en papier, elle inscrivit l'adresse du lieu au nom francophone : Les Entrepôts. « Au cas où », dit-elle.

Je me séparai avec tendresse de Jennifer d'un baiser sur la bouche tandis qu'une nuit anthracite tombait sur Boston. En descendant Columbia Road, je m'arrêtai dans un premier bar où les écrans de télé retransmettaient un match de base-ball qui opposait les Red Sox aux Angels. En apercevant mon sweat, une nuée de supporters s'évertuèrent à m'entraîner dans une danse de la chenille dont je tentai de m'extraire avec difficulté, rebuté par tant de testostérone et détestant le base-ball dont je ne comprenais pas les règles.

Plus bas sur Columbia, à l'entrée du South End, le quartier gay, je tombai enfin sur Les Entrepôts après une bonne heure de marche. L'entrée était engoncée entre deux galeries d'art. Seul appel aux chalands, une discrète lanterne lumineuse signalait l'existence d'un bar. Une devanture totalement hermétique et opaque à l'image d'un bar de Pigalle qu'on aurait dépossédé de ses vitres fumées. Un judas et derrière, un cerbère en faction dont on percevait la stature imposante repliée, foulard rouge au cou. Seules conditions exigées à l'entrée, le sexe, masculin exclusivement, et le droit d'entrée : 40 dollars. La lumière tamisée de l'entrée était déchiquetée par intermittence par les images vidéo sorties des écrans du bar. Il y en avait pour tous les goûts : cuir, *bear*, interracial, bodybuildés… Dans la salle, un public jeune, plutôt beau. À l'évidence, les extrêmes n'avaient pas passé le cap du judas. Difficile de ne pas être repéré tant les interactions semblaient codifiées. Le rez-de-chaussée constituait une sorte de salle d'attente pour solitaires figés ou couples éphémères, l'œil rivé sur la vidéo. Peu ou pas de mots, guère plus de regards.

Le bar était doté d'un premier étage où un savant dégradé de pénombre permettait de reproduire les scènes hard distillées par les vidéos du rez-de-chaussée. Au bout de quelque temps, un premier garçon monta au premier étage, suivi d'un second ; la salle du rez-de-chaussée, jusque-là archibondée, respirait enfin. C'était le signal. Au premier, le ballet était parfaitement codifié et incessant. Une coursive permettait de patienter, silencieux et penché sur l'escalier imposant, plongé dans l'obscurité semi-totale. À gauche de l'escalier, une salle, totalement sombre. Peut-être quatre ou cinq mètres carrés. À l'intérieur, combien étaient-ils... quinze, vingt ? Pas un mot audible, juste quelques râles semi-continus. Mon imagination vacillait. Cela ne m'attirait pas mais m'excitait.

À la sortie de la pièce « *back* » s'étalait un sombre couloir à sens giratoire et à minuscules recoins. Là, à visage découvert, on pouvait distinguer des couples qui commençaient des attouchements et fellations. Par terre, quelques bouteilles vides et des préservatifs. Signe particulier de cet entre-deux, l'extrême excitation de ceux qui attendaient, chauffés par la vidéo. Certains soufflaient comme des buffles, d'autres échangeaient quelques mots rapides. Rarement plus de deux ou trois. Je redescendis rapidement sur la terre ferme du bar sans m'aventurer plus encore. Quelques mains m'effleuraient les fesses ou le sexe. Tout me paraissait si facile, si libre, si simple. Mais étranger. En me rendant aux toilettes, je tombai sur mon flamingant, David, à peine surpris. En échangeant au bar, assis sur les rares tabourets haut perchés, je compris qu'il préférait le *click & collect* en ces lieux à la consommation sexuelle sur place. Tard dans la nuit, nous sommes rentrés dans l'immense atelier d'artiste de son frère. Sur la mezzanine, nous avons repris nos ébats exactement là où nous les avions arrêtés, comme on rouvre un livre interrompu sur un marque-page.

En tout début d'après-midi, je rejoignis le logement parental. Ma mère m'attendait sur les marches du perron de granit, des cafés américains en guise de compagnons. Ses larmes avaient manifestement laissé place à l'inquiétude qui l'avait démaquillée de l'intérieur. Elle ruminait une phrase que je ne compris qu'en remontant dans ma chambre : le pire pour une mère c'est d'avoir un enfant homo ou curé. À ses yeux, la pièce du pile ou face était tombée du mauvais côté. Mon père avait fait porter à la décharge mon matelas. Un acte symbolique totalement incompréhensible. Elle m'expliqua que dans un accès de rage après mon départ, alors que la dinde brûlait dans la cuisine, il avait voulu en extirper les miasmes, comme on le fait une fois à court de traitement contre les punaises de lit. En attendant, je dormis sur le canapé du salon. Avec un seul objectif : rentrer en France, seul, pour commencer mes études de médecine.

5

Alessandro n'est pas né à la date qui figure sur son passeport et notre livret de pacs, mais le jour où l'appel de Bruce, au-delà des angoisses et des incertitudes, l'a métamorphosé en père. « Métamorphoser » est impropre. Sa paternité lui poussait de l'intérieur depuis des lustres. La naissance des jumeaux, si Dieu leur prêtait vie, n'était qu'une réassignation de paternité.

Alessandro est né d'une mère d'origine mauricienne et d'un père immigré de Toscane en France. Une famille bourgeoise et métissée de Monterchi, une petite commune aux confins de la Toscane et de l'Ombrie où son père avait commencé sa carrière d'administrateur des monuments historiques. Il aimait raconter que son père fut quelque temps le conservateur en chef d'un unique tableau. C'était sa fierté de fils unique dans l'unique. Le père était gardien d'une fresque de 260 × 203 centimètres, datant de 1455, exposée dans l'ancienne école élémentaire de Monterchi, transformée en musée. L'œuvre était de Piero della Francesca : la *Madonna del Parto*. On peut y découvrir – et c'est une rareté – une Vierge enceinte. Une Vierge debout, faisant face au visiteur, dans une attitude impassible, froide, la main gauche posée sur la hanche, la droite soutenant son ventre proéminent qui pointe au travers de l'échancrure de la robe. Elle y est entourée de deux anges en position symétrique qui écartent délicatement les rideaux du baldaquin, brodés de thèmes évoquant la passion du Christ.

La première fois qu'Alessandro a accolé les trois lettres GPA à notre couple et à son désir d'enfant, c'était dans une maison en bois blanc du Cap-Ferret, située en deuxième ligne côté bassin. Une belle maison d'été avec un parc arboré, un peu négligé comme les aiment ceux qui ne veulent pas paraître, tout en dénivelés, que nous avaient prêtée des amis de Paris. Dans la cour au fond de l'impasse qui menait à la porte côté rue, nous avions en guise de voisins une famille de Bordelais tous en Audi vintage, un divorcé toulousain déprimé, un médecin de Bordeaux et ses enfants et une famille de locaux décomposée, plus que recomposée, qui avait rasé des arbres centenaires pour installer une piscine afin de valoriser leur bien et le louer sur Airbnb. Pas un gay à cent mètres à la ronde ! C'était en pleines vacances de Pâques, période où Bordelais et Parisiens s'y côtoient à défaut de se mêler, où le prix du bar de ligne s'envole et où la queue s'allonge chez Frédélian pour les glaces et les gâteaux basques. Nous étions attablés à l'ombre des pins maritimes autour d'un plateau de fruits de mer. Pour la première fois, Alessandro abattit son jeu de sept familles et mit des mots sur ses lectures devenues monothématiques. Des livres autour de l'homoparentalité qui s'amoncelaient sur sa table de nuit.

— David, tu ne crois pas que nous pourrions avoir un enfant ensemble ? Ou plusieurs ? Que nous pourrions être parents. C'est magnifique d'être parents. Pourquoi n'y aurions-nous pas droit ?

— Un enfant comment ? Je vais avoir du mal à être *enceint*, tu sais ? Tu veux que l'on adopte un petit Mauricien ou une petite Ukrainienne ?

— Mais non, t'es con. Je ne sais pas encore quelle est la meilleure méthode, mais j'ai envie plus que tout que nous soyons parents. Depuis l'adolescence j'y pense. En Italie, je passais des heures dans les parcs à regarder les enfants jouer, à étudier le comportement des parents, leurs interactions, leurs rires, leurs craintes aussi. Et ce n'est pas un hasard si j'ai vécu quelques années avec une fille, mais elle n'en voulait pas. En tout cas pas de moi.

À partir de cet instant précis, je me retrouvai dans le rôle de la machine à balles comme à l'entraînement au tennis club. J'envoyais mes questions en rafale et Alessandro renvoyait tout, revers, smatch ou coup droit, avec ses réponses toutes prêtes à l'envoi. Le match se fit en deux sets rapidement gagnés.

— Tu ne crois pas que les enfants sont programmés pour être élevés par un père et une mère ?

Entends-moi bien, Alessandro, je ne suis pas complètement abruti. Je sais que l'homoparentalité est entrée dans les mœurs avec bientôt le mariage pour tous, la PMA, l'adoption. Je n'ai pas de problème avec ça et je me moque du regard des autres. Mais il y a une marge entre ce que l'on peut penser sur le plan intellectuel, entre amis lors des discussions de dîners arrosés, et une fois en responsabilité, non ?

— Un enfant gagne à être élevé par un homme et une femme, tu as raison. Mais au fond je n'en sais rien, et certains expliqueront sans doute que chaque être a la double composante féminine/masculine, comme moi, comme toi aussi, et qu'à ce titre les couples de même sexe peuvent apporter de l'équilibre à un enfant.

— Tu veux dire quoi ?

— Prends le recours à une mère porteuse. Tu n'imagines pas ce qu'il va nous falloir d'engagement, de volonté, de patience, de fric, de souffrance aussi ? C'est pareil pour le parcours de l'adoption. L'homoparentalité dont tu parles n'est jamais un hasard. Pour nous c'est impossible de procréer en quelques minutes, bourrés en sortant de boîte ou sur un coup de tête, enivrés par la passion ou l'insouciance comme c'est le cas parfois chez les hétéros. Ce qui nous attend sera long, coûteux et réfléchi. L'enfant est le fruit d'un désir sans cesse réévaluable : choisir la méthode, le lieu, faire analyser nos spermes, sélectionner la donneuse d'ovocytes, trouver la femme porteuse, recruter un avocat et une ou deux agences, souscrire des assurances, signer des conventions, consulter des pédopsychiatres, voyager, prendre des libertés avec nos employeurs, participer à des groupes de parole de parents homos, passer devant les tribunaux pour la reconnaissance parentale, négocier avec notre banquier, trouver une place pour la femme porteuse dans notre vie, accepter l'échec des implantations embryonnaires, stresser en attendant les analyses génétiques, choisir qui sera père en premier et ce qu'on dit aux enfants, Et attendre, attendre… Ainsi, même si – je dis bien « si » – l'hétéroparentalité est un facteur d'équilibre pour un enfant, le processus nécessaire aux couples de même sexe opère comme un filtre, ne laissant émerger que les plus investis et les plus responsables d'entre nous. Tu en dis quoi ?

— Je te comprends bien, mais n'est-ce pas confronter ce pauvre môme à des difficultés, des railleries voire du harcèlement à l'école… On voit que tu n'as pas vécu avec un père homophobe. Mon enfance comme tu le sais a été compliquée et douloureuse. Je n'ai pas envie de reproduire cela. Et quel risque y a-t-il pour l'enfant de se sentir isolé dans une configuration familiale hors norme, stigmatisante, sans mère et avec deux pères pédés ?

— David, mais tu déconnes ? Il faudrait alors déconseiller aux personnes de couleur d'avoir des enfants dans les pays où sévit encore le racisme ? Recommander aux juifs d'éviter d'enfanter dans une région où règne l'antisémitisme ? Et de même, doit-on céder à l'homophobie en capitulant face à ces attaques ? Quand bien même l'enfant aurait à surmonter certains rejets, notre rôle de parents sera de lui donner les armes pour se battre, et non de restreindre notre propre espace de liberté.

— OK, OK, ça va, Alessandro, j'ai compris, mais pourquoi cette obsession pour le recours à une mère porteuse ? Si nous souhaitons être parents, pourquoi ne pas adopter, tout simplement ?

— Parce qu'en France, l'adoption pour les couples pédés c'est de l'hypocrisie. Si elle est autorisée en France, elle est bien souvent interdite ailleurs, rendant quasi impossible l'adoption d'enfants étrangers. Pire, certains pays nous réservent des enfants handicapés ou atteints de maladies génétiques, les rebuts pour les gays…

— Pff, t'es complètement parano…

— Pas du tout, renseigne-toi, de moins en moins de couples homos ont recours à l'adoption pour ces raisons.

— Ce que tu racontes sur la GPA me rappelle une anecdote sur ce qui se passe à l'hôpital : quand la direction décide d'emmerder un service, elle lui met les « bras cassés » à l'accueil ou aux soins, tous ceux dont les autres services ne veulent pas. Et tu sais comment on les appelle ? Les GPA : Gestion personnalisée des agents !

— Aah, très drôle… Je reprends : ces pays qui nous interdisent l'adoption me semblent d'une incohérence consternante : si l'homoparentalité y est considérée à ce point comme une perte de chance pour l'équilibre d'un être humain en construction, alors pour l'enfant adopté qui aurait déjà le poids de la maladie, c'est double peine ! Et puis avec la GPA, l'enfant aura 50 % de toi ou de moi. À moins que nous ayons des jumeaux : un aura 50 % de toi et l'autre 50 % de moi.

— Je te connais, Alessandro, quoi qu'on fasse et quelle que soit l'issue de la fécondation *in vitro*, tu seras le père à 200 % !

— Mais tu n'as pas envie de retrouver un peu du sourire d'une de nos mères, des yeux de ta sœur, l'humour de mon oncle, chez notre propre enfant ?

Son insistance était comme un mi-cuit, tendre au cœur et dur en périphérie. Sentant bien qu'il était en passe de gagner la partie, il relâchait la pression. Très vite, je me retrouvai à court d'arguments face à son désir qui fondait désormais sur notre couple. Il était aux anges. Avec le recul, je sais combien il m'avait *air droppé* son désir d'enfant. Il approchait de moi avec toutes ses données accumulées de lectures en réseaux sociaux jusqu'à ce business plan qu'il avait d'ores et déjà établi en solitaire. Tout son désir irrépressible est passé en une seconde dans mon esprit au moment où il en décida, déferlant sur mon incompétence de médecin sous-informé sur la question de la GPA. Je compris qu'il était inutile de lui résister. Dans ma tête s'incrustaient néanmoins quelques ultimes résistances archaïques. Que l'on puisse nous reprocher d'avoir « acheté un enfant » ou d'avoir « loué un utérus ». Je restais pourtant convaincu qu'aucune disposition légale ou administrative n'arriverait à contrecarrer son désir de paternité devenu le nôtre. Je me devais de composer avec cela. C'était écrit en pères et contre tout.

— OK, OK… je vois que tu as réponse à tout. Mais tu ne vas pas biffer d'une phrase la question de la marchandisation du corps de la mère porteuse, tentai-je dans un ultime sursaut. Cette exploitation des femmes qui ne font pas ça que pour le renouvellement de l'espèce gay ? Et toutes ces histoires sordides qui remontent d'Inde, de Thaïlande : des mères qui ne donnent pas le bébé, ou au contraire des bébés avec malformations que les parents laissent au dernier moment, des mères porteuses mortes d'hémorragie de la délivrance, des femmes qui accouchent en dehors de leur pays d'origine. Et puis tu me diras ce que tu veux, que la mère porteuse n'a pas de lien génétique avec le bébé, mais la grossesse peut être un lien plus fort que la génétique. Leur utérus n'est pas un sac et au bout du compte, neuf mois après, il y a abandon plus que don, ne crois-tu pas ?

La bouche d'Alessandro avait déjà opéré sa mue. Son désir d'enfant était si sincère, si ancré, que la moindre résistance le rebutait. Il resserra son argumentaire comme si nous devions prendre une décision le soir même.

— David, il te faut savoir que dans les pays où la GPA est légalisée et encadrée (Belgique, Canada,

Angleterre...), les femmes volontaires ne peuvent percevoir d'argent lié à la gestation pour autrui. Elles se doivent d'être financièrement indépendantes. Les sommes qu'elles reçoivent le sont uniquement sur factures, afin de couvrir les frais liés à la grossesse. C'est un fantasme de penser qu'elles font tout cela pour l'argent. Nous ne sommes pas en Ukraine ou en Inde. En réalité, ce qui va nous coûter cher, ce sont les médecins, la clinique et les avocats. Mais je vais payer, ne t'inquiète pas. Et effectivement dans ces pays, la mère porteuse n'est pas la mère biologique de l'enfant. C'est psychologiquement plus facile pour elles. Elles sont des « nounous » pendant neuf mois et l'enfant n'est pas le leur. C'est d'ailleurs souvent en ces termes qu'elles présentent leur projet à leurs propres enfants. C'est une GPA éthique que nous allons choisir.

— Allez, fais pas ta Fogiel, ou ta Badinter, avec ta « GPA éthique ». Tu sais très bien que tout cela est bien plus complexe. Même si les États-Unis ou le Canada ne sont pas l'Inde. Je ne suis pas du tout opposé à ce que nous entamions des démarches, à commencer par consulter une agence spécialisée. Pour ma part, je préférerais le Canada aux États-Unis. Et vu la longueur du processus, nous aurons le temps de reparler de toutes ces questions.

L'injonction « fais pas ta Fogiel ! » signait notre point Godwin conjugal sur la question de la grossesse pour autrui. Quant à mon inquiétude, s'agissant de la centaine de milliers d'euros que pouvait nous coûter l'opération, du bouleversement de notre vie pour accéder à cette naissance, elle s'effaça devant la force de son désir d'enfant et de ses moyens financiers. Sans me libérer totalement de mes appréhensions.

6

Le vol Paris-Vancouver qui suivit l'appel angoissant de Bruce était à l'opposé de notre retour de Grèce. Nous alternions les discussions, assis ou debout dans l'entre-deux de la classe affaires où il était possible de se resservir un verre de champagne au passage. Nos allers-retours intriguaient le personnel navigant d'Air Canada. Alessandro exprimait ses peurs dans un désordre ordonné, entre deux films en anglais avec un seul écouteur afin de ne rien perdre de ce que je pouvais lui dire. Nous nous efforcions de synchroniser le même film, qu'il entrecoupait de quelques rires et pleurs en spasmes alternés. Je tentais de masquer mon inquiétude ou de la rationaliser en l'habillant d'un discours médical rassurant au regard des capacités de la réanimation néonatale au Canada. Le souvenir d'un semestre passé en pédiatrie lors de mon internat refluait. J'y avais laissé la moitié de ma muqueuse gastrique abrasée par ma propre angoisse et par la projection de celle des parents.

Une nouvelle unité de soins intensifs pour prématurés venait d'ouvrir à l'hôpital des Femmes de la Colombie-Britannique où avaient été transportés en urgence Charmaine et les jumeaux. Un garçon et une fille, nous avait écrit Bruce. Par superstition nous n'avions pas osé, durant ce vol sans fin, arrêter notre choix définitif des prénoms à leur donner, de crainte d'arriver trop tard. Une fois nos deux énormes valises récupérées à l'aéroport international, nous sautâmes dans un taxi, même si Alessandro aurait rêvé d'un hélicoptère pour rejoindre plus vite le centre-ville de Vancouver pourtant à vingt minutes de voiture. Il était comme fou dès la descente du taxi et c'est en courant malgré les valises roulantes que nous avons effacé les quelques marches pour passer sous l'immense bannière bleue de l'hôpital : « BC Women's Hospital – W – Main entrance ». Je m'efforçais de le suivre en allongeant le pas. Il semblait connaître le chemin de l'unité de néonatalogie vers laquelle il se dirigea d'instinct après avoir emprunté une coursive peuplée de brancards pour adultes vides, tous alignés en attente du patient qui urge. Il fallait sonner pour pénétrer dans l'unité. Au bout de minutes interminables, une soignante en tenue verte de bloc opératoire assortie aux yeux de mon mari, casaque et sabots en plastique blanc, actionna les portes automatiques du sas. Sa stature de hockeyeuse, mains sur les hanches, dans l'embrasure de la porte automatique, les pieds en sabots de bloc à 10 h 10, lui conférait plus une fonction de filtrage que de soignante. Sans doute s'interrogeait-elle sur le lien aux enfants de ces deux hommes qui se présentaient à elle. Mari et ami, père et amant, frères ?

— Bonjour, vous venez voir quel enfant ?

— On vient en voir deux, un garçon et une fille… Ils sont arrivés il y a trente-six heures environ… La maman se nomme Charmaine Roy, répondis-je, enchaînant par une interrogation qu'Alessandro n'arrivait pas à formuler : « Ils sont bien dans cette unité ? », comme une litote anxiolytique pour savoir déjà s'ils étaient encore bien vivants.

— Oui, oui, ils sont bien là tous les trois.

— Comment ça, tous les trois ?

— Eh bien, les jumeaux et la maman, ça fait trois. Mais vous êtes qui pour eux ?

Alessandro sortit comme un diable de son mutisme anxieux :

— Je suis le papa !

— Et vous, monsieur ? en s'adressant cette fois à moi pour reprendre le fil du dialogue.

— Moi aussi.

— Pas de problème, nous sommes au courant. Je suis Esther, la *nursing manager* de cette unité. La « surveillante » comme on dit chez vous. Je vais vous laisser les voir, bien sûr, mais vous devez être fatigués par le vol et par le décalage horaire…

Alessandro avança une cuisse au-delà de la deuxième porte du sas comme pour contourner la soignante cerbère.

— Attendez, attendez ! lança-t-elle avec autorité. C'est pas du tout comme cela que ça se passe. D'abord vous allez me poser ces bagages, là à gauche dans la réserve. Il y a un Digicode, ils ne risquent rien. On va vous expliquer les règles d'hygiène et comment vous habiller, puis comment ouvrir les couveuses avec délicatesse. Dans un premier temps, vous allez les voir à travers une vitre. Ils sont vraiment très petits : 1,2 kilo pour le garçon et à peine 1 kilo pour la fille. Ils demandent beaucoup de soins, comme vous allez pouvoir le constater. Ils vont aussi bien que possible et la maman dort un peu, je crois. Cela a été très dur pour elle aussi. Le docteur Philippe Tremblay sera votre médecin référent, mais présentement il assure ses consultations. Après vous pourrez entrer dans la chambre. C'est lui qui répondra aux questions médicales. Pour les problèmes sociaux, car j'imagine que vous allez rester, nous avons une assistante sociale très compétente. Il n'y a pas de limite horaire pour les visites, mais je vous conseille d'emblée de vous relayer. Venez, je vous accompagne ; je vous préviens, c'est un peu impressionnant à première vue, toute cette réanimation pour de si petits corps, mais vous allez devoir vous habituer. Comme tous les parents qui arrivent dans notre unité.

L'espace était organisé pour que les prématurés ne soient pas séparés de leurs parents après la naissance. J'avais imaginé une salle commune en étoile, comme dans les réanimations d'adultes, avec le poste de soins au centre et les incubateurs alignés les uns à côté des autres en rayons. Mais ce service rutilant était mieux structuré, en un énorme volume vitré composé de chambres aménagées pour accueillir les mères. C'était le cas pour Charmaine et nos deux « crevettes ». Toutes les facettes de la chambre immense étaient vitrées mais pourvues de rideaux intérieurs à lamelles. Comme un grand bocal rectangulaire. Nos deux bébés trônaient en son centre.

Arrivés en apnée devant une porte coulissante vitrée, à cellules photoélectriques, nous voilà envahis par une sensation de flash dissocié. Entre bonheur de vie immense et angoisse de mort. Nos deux êtres apparaissaient minuscules au regard de la main de l'aide-soignante qui soutenait la tête du plus frêle, ce qui nous pétrifia. On aurait dit deux petits chiots glabres, des *hairless* chihuahuas. À vue de main aucun des deux ne devait dépasser les trente centimètres. Il était impossible de distinguer leurs traits et la couleur de leur peau qui semblait virer vers l'orange et que modifiait une lumière bleue au-dessus des couveuses. Tous deux étaient immobiles, chacun dans son habitacle à portes rondes pour laisser passer les mains, vêtus d'une couche démesurée. Un bonnet leur enserrait la tête. Au-dessus de la tête, un tuyau comme un tuba, relayé par deux fines canules enfoncées dans leurs narines, aidait à la respiration, leur donnant une tête de plongeur. De la bouche entrouverte sortait un minuscule tube fixé de part et d'autre du visage et où filtrait un liquide de couleur laiteuse.

Leurs corps menus étaient revêtus d'électrodes bien trop grandes reliées à des fils de couleur tendus jusqu'aux écrans, tels des cheveux d'ange. Aux pieds gauches, sous un pansement circulaire, un appareil de mesure émettait de la lumière bleutée intermittente avec un vague effet LED de Noël. La pièce était remplie de dispositifs médicaux, d'écrans lumineux et de pousse-seringues électriques. Les deux prématurés semblaient lancer un cri inaudible. Et Charmaine dormait la tête sous son bras, le corps comme recroquevillé sur ce qui devait être sa douleur, tournant le dos aux couveuses.

C'est à cet instant que nous avons pour la première fois conjugué le mot « père » au pluriel. Le bonheur a passé une tête devant la peur. Cette route sinueuse et interminable prenait alors du sens en un nombre pair qui ne pesait que 2,2 kilos cumulés. Nous savions d'instinct que le poids n'était pas une unité d'amour filial. Tout cela sentait bon la famille.

Au bout de quelques minutes suspendues, à contempler nos deux merveilles en devenir, celui qui était à l'évidence le docteur Tremblay se présenta à nous. Un homme à la cinquantaine dépassée, le visage encadré d'une barbe de quelques jours poivre et sel et de petites lunettes rondes finement cerclées d'or. Il était habillé en civil avec une surblouse bleue. Tout chez lui respirait le calme et le self-control :

— Bonjour, dit-il dans un français au fort accent anglais. Pendant que les soins de vos enfants se terminent nous avons un peu de temps pour parler. Suivez-moi dans le salon des familles.

Alessandro n'attendit pas :

— Mais docteur, ils vont survivre ?

— Bien sûr… mais il faut que nous en discutions tranquillement. Et c'est précisément de cela que nous allons parler. Venez avec moi.

La pièce était confortable, avec un canapé, un écran plat qui diffusait des messages de prévention et de nutrition, quelques chaises épaisses, une machine à café en libre accès et un distributeur payant de boissons fraîches. Au mur, des photos en couleurs de sous-bois. Tout était organisé pour favoriser les pauses salvatrices des parents, après des jours et des nuits sans fin. Une boîte de Kleenex attestait que le lieu servait aussi pour les annonces dramatiques. Le docteur Tremblay, une fois assis, commença d'une voix douce, en anglais :

— Un bébé prématuré est un bébé qui naît avant trente-sept semaines. Vos enfants sont ce que l'on appelle de « grands prématurés », car ils sont arrivés par césarienne à vingt-sept semaines seulement. Un prématuré n'est pas prêt pour arriver dans ce monde : ses organes sont encore immatures, et il aura donc besoin d'assistance pour maintenir ses différentes fonctions vitales.

— Mais leurs organes immatures vont-ils leur permettre de survivre ? demanda Alessandro avec insistance.

— Ils sont très prématurés… Mais grâce aux corticoïdes leurs poumons vont se développer, c'est-à-dire que cette injection les aide à respirer le mieux possible. Ils ont aussi des petites canules dans les narines, que l'on pourra bientôt remplacer par un masque, qui soutiennent leur respiration. Et pour leur alimentation, ils reçoivent tout ce dont ils ont besoin dans une veine au bout du pied et du lait directement dans l'estomac, par une petite sonde…

Alessandro sursauta à cette évocation lactée. C'était quelque chose que nous n'avions pas du tout anticipé dans les réunions avec les autres parents d'intention ou avec la psychologue. Ni avec l'agence canadienne de procréation à la carte. Dans le cas des mères porteuses, tous les récits convergent vers le recours au lait artificiel comme le font d'ailleurs une majorité de mères nord-américaines. Ne serait-ce que pour ne pas maintenir un lien charnel entre le bébé et elle. Mais là, pour nos deux « crevettes », c'était une autre doctrine qui allait primer : la survie.

— On va faire comment pour le lait ? demanda Alessandro.

— Généralement, on encourage les mères à « tirer leur lait » et en attendant la montée de lait nous donnons du lait de lactarium, très cher, pendant un certain temps. Mais dans notre cas, c'est un peu plus compliqué… Vous avez une chance incroyable car Charmaine a accepté de tirer son lait, même au-delà de sa sortie de l'hôpital s'il le faut, et si vous êtes d'accord. Sachez enfin que vos bébés sont pris en charge par une équipe soignante spécialisée et constituée de médecins et d'infirmières/puéricultrices, de psychologues, de réanimateurs afin de leur donner tous les soins nécessaires, et aussi de vous accompagner pendant cette période. Il va vous falloir du temps pour faire connaissance avec vos enfants et vous sentir parents ; c'est normal. Vous apprendrez à connaître ces petits bébés chaque jour, et vous vous habituerez au milieu médicalisé, à la couveuse qui les tient au chaud, aux différents capteurs et matériels de soins. Ils seront sous une surveillance constante. Après leur sortie, dès qu'ils pèseront au moins 2,1 à 2,2 kilos, ils seront suivis très régulièrement. Ce serait bien qu'on refasse le point ensemble une fois par semaine.

J'interrompis la litanie bienveillante du pédiatre, tandis qu'Alessandro était repassé en mode mutique :

— Docteur, vous savez combien notre parcours de procréation est un peu atypique. À commencer par la GPA et l'éloignement. Cet accouchement de Charmaine s'est fait à plus de dix mille kilomètres de chez nous, la conception *in vitro* à San Diego, à mille quatre cents kilomètres d'ici, mais nous n'avons que des questions urgentes que se posent sans doute tous les parents moins atypiques : quelle est la probabilité qu'ils survivent ? Y a-t-il un risque que l'un survive et pas l'autre ? Quelles sont les séquelles prévisibles ? Quand serons-nous rassurés sur ces questions vitales ? Combien de temps vont-ils rester à l'hôpital, que nous nous organisions ?

— Je comprends, vos questions sont celles de tout parent en pareille situation. Les réponses vont venir par étapes. Je ne peux pas répondre à toutes dès ce soir. Personne ne peut prédire s'ils passeront cette étape cruciale des jours à venir, mais nous faisons tout ce qu'il nous est possible de faire. Je sais combien cette incertitude est compliquée à entendre. Quant au pronostic ? Ils ont l'air d'aller bien et les statistiques sont faites pour des études... Il est probable que cela dure plusieurs semaines. Je vous conseille de vous organiser pour au moins huit semaines, pendant lesquelles ils resteront dans cet établissement, pas forcément dans cette unité. C'est exactement le temps de gestation qui leur manque. Après leur sortie, ils seront suivis régulièrement.

Esther, la cadre infirmière paramilitaire, vint nous extraire du salon des parents et libérer le docteur Tremblay de notre emprise :

— Venez, les soins de vos enfants sont terminés, vous allez pouvoir les toucher, les caresser, mais en douceur. L'infirmière, Helen, va vous expliquer comment. On encourage à laisser un petit linge imprégné de l'odeur de la... enfin, dans le cas présent, de l'odeur des pères. C'est pratique : ils sont deux et vous aussi. J'insiste également sur l'importance de leur parler à voix basse. Si vous êtes croyants, certains parents laissent une petite bible dans une housse en plastique.

Nous avions hâte de les voir de plus près, de les toucher, mais aussi beaucoup d'appréhension. L'un et l'autre, nous savions combien le monde des prématurés est un univers de porcelaine. L'infirmière s'était montrée fine pédagogue sur le lavage des mains, l'ouverture délicate des portes de la couveuse parce que le moindre bruit est vécu comme une agression sonore, la fragilité de leur peau fripée et l'importance de tous ces tuyaux. Elle avait anticipé l'après, le moment où nous pourrions les sortir de la couveuse et même faire du « peau à peau ». Ce qui vint rapidement sous la pression d'Alessandro. Ce qu'il fallait aussi faire en cas de déconnexion accidentelle d'un tuyau ou d'un fil. Tout était filmé et retranscrit en temps réel sur les écrans du poste de soins. Nous écoutions tous deux avec attention mais je sentais qu'Alessandro notait tout dans sa tête, mot à mot. À l'entrée, le regard de Charmaine nous accueillit. Un regard d'affection teinté d'épuisement. Elle tenta un sourire. Je ne pus m'empêcher de la serrer dans mes bras sans la lever du lit, oubliant qu'elle avait subi une césarienne. Elle étouffa un cri de douleur et prononça des mots à voix basse :

— C'est tellement fort que vous ayez pu venir si vite. J'ai eu si peur pour eux et pour vous. Je suis désolée… Ils sont si petits, si mignons. Je crois que vous allez encore avoir besoin de moi. Je serai là, ne vous inquiétez pas.

Envahi par un flux d'émotions inédites pour nous, le mot « besoin » prit la forme d'un simple matériel de traite posé sur une table au pied du lit : un tire-lait. Le champ de cette dépendance prolongée à Charmaine allait largement dépasser ce seul aspect nutritionnel et laitier. C'est Alessandro qui s'avança le premier vers la couveuse de la plus petite. Il devenait urgent de leur trouver des prénoms dans les listes cent fois ressassées. Il ouvrit les deux portes rondes latérales avec la prudence d'un démineur. Sa main droite, sans alliance, se faufila avec la précaution d'un herpétologiste devant le bocal d'une vipère pour se poser en lévitation sur la seule partie du bébé dépourvue d'électrodes, le ventre, que sa main dépassait largement. Il resta immobile de longues minutes, tout à son émotion. Je m'avançai vers la seconde couveuse avec moins de réussite car dès l'ouverture de la porte à clapets, le corps du petit fut agité de légers soubresauts qui me firent battre en retraite.

Vidés émotionnellement après le premier contact avec cette nurserie de l'extrême, nous avons rejoint l'hôtel le plus proche, le Balfour House, un trois-étoiles assez kitch avec jardin arboré sur Balfour Avenue, à trois blocs de l'hôpital… Après un détour dans un Walmart pour acheter tout ce que nous nous interdisions à Paris : des gelées multicolores, des chips au piment, du beurre de cacahuètes, une bouteille de Jack Daniel's et deux packs de Coca zéro, de la viande séchée et des cookies au sirop d'érable. C'était un minimum vu ce qui nous attendait, une nuit d'interrogations sur notre devenir immédiat à quatre, trois ou deux. J'avais apporté notre « carnet de GPA », un grand carnet Moleskine où je notais les rendez-vous, les conseils et recommandations glanés de psychologue en groupe de parole et notre liste de prénoms, fille ou garçon à deux colonnes. Il ne restait que trois prénoms dans chacune. Le temps d'un whisky-Coca nous sommes tombés d'accord : ce serait Diego et Léa.

7

« Elle » n'a jamais eu de nom ni de prénom, et encore moins d'adresse. Juste un pronom et un lointain souvenir informatique, sur le site Internet de la clinique de la fertilité à Vancouver, de son visage prêt à s'enfouir au plus profond de notre mémoire. « Elle » était destinée à s'effacer du roman familial, une fois sa mission accomplie. Roman dont les pages étaient déjà si difficiles à écrire entre nous deux, la mère porteuse et les jumeaux, s'ils survivaient. Nous en avions décidé ainsi, trop envahis par les tiers. « Elle » n'était qu'une étape dans notre fastidieuse démarche d'accès à la parentalité. Mais une part qui comptait pour 50 % sur le plan génétique et qui nous avait plombés dès le début de notre épopée. Une étape comptable à cinq chiffres, autour de 30 000 dollars. « Elle » ou le souvenir éphémère d'une jeune personne sur un catalogue numérique que nous n'avions pas le droit de photographier avec notre smartphone ; des candidates trouvées pour la plupart par démarchage auprès des grandes universités américaines, soit par mail soit sur le journal de l'université, le Massachusetts Institute of Technology (MIT), Columbia ou Stanford... Mais elles étaient recrutées bien au-delà des États-Unis. Au Canada notamment où, forme d'hypocrisie législative, il est illégal de payer quelqu'un pour ses ovules et où une donneuse a interdiction de vendre ses ovules ; mais l'on peut « compenser les dépenses d'une donneuse ». « Elle », et c'est ainsi que nous avions décidé de la nommer, était notre donneuse d'ovocytes. « Elle » s'est imposée par élimination au bout d'un fastidieux questionnaire de trente pages qu'elle avait rempli où s'affichaient les origines ethniques, la taille, le poids, les mensurations, l'âge, la religion, la couleur de la peau, des cheveux, la date des dernières règles, le niveau d'études, les bulletins scolaires, les antécédents médicaux, les vaccinations, les bilans gynécologiques, les bilans d'infections sexuellement transmissibles dont le VIH, les antécédents familiaux sur trois générations, la fratrie, la profession des parents, les voyages, la motivation, les habitudes alimentaires, la vie sexuelle, les talents artistiques, la consommation de tabac, si elle était végane, sa position sur l'avortement, ses rapports à l'alcool ou aux drogues, sa couleur et sa musique préférées, ses hobbies, si elle était en couple ou pas, adepte ou non de la chirurgie plastique et quel était son désir d'enfant... Et bien sûr une photo de face et de profil comme pour l'identification judiciaire. La nôtre avait

25 ans et deux frères et deux sœurs. « Elle » avait joint une photo d'elle enfant, à l'âge de 3 ans environ. « Elle » ou le souvenir flou d'un physique choisi mais qui n'avait pas marqué notre mémoire. Tout était au choix, item par item, et en cas de refus, l'algorithme nous renvoyait vers une autre donneuse. Une vraie démarche d'eugénisme programmé à l'heure d'Internet. Alessandro, au fil de ses lectures, m'avait expliqué tout en hypocrisie combien les « Elles » sont les grandes oubliées des récits édulcorés ou fantasmés des *people* qui ont recours à la GPA pour riches et qui en font souvent la promotion dans leur livre. Même si dans certains États la donneuse d'ovocytes figure sur l'acte de naissance, le personnage est généralement biodégradable. « Elle » ne figure que rarement dans les albums photos des familles recomposées par la gestation pour autrui. Et nous avions décidé d'un commun accord, comme la plupart des couples gay ou hétéros dans notre situation, de ne pas la rencontrer et de n'échanger avec elle qu'au travers de l'agence ou des praticiens de la fertilité. « Elle » n'était qu'une signature en bas d'un contrat, le *Egg Donor Agreement*. L'agence nous avait bien spécifié qu'il y avait trois types de contrat possibles : l'anonymat total à vie, le « semi-open », où tout contact avec la donneuse était impossible jusqu'aux 18 ans de l'enfant, date à laquelle l'un et l'autre reçoivent un courrier pour recueillir leur souhait ou non de se rencontrer, et le contrat en forme

de « fête de famille nombreuse élargie », où la représentante de la banque mondiale ovarienne a le droit de figurer sur les photos de famille, pour le baptême ou la bar-mitsva. Alessandro avait tenu à tester la liste des origines ethniques possibles, avec à la lettre M l'origine mauricienne qui matchait avec ses ascendants. Nous étions d'accord. « Elle » avait accepté le parcours type. D'abord se soumettre au questionnaire, puis au prélèvement « *invitae* », un test salivaire qui permet de détecter trois cents maladies génétiques parmi les plus fréquentes. La base en quelque sorte. Plus encore, elle avait subi le parcours fastidieux et douloureux du don d'ovocytes, des rendez-vous au centre de procréation assistée, avec la psychologue, le gynécologue, l'anesthésiste. Parcours souvent minoré, voire invisibilisé. Sans compter les phases de stimulation ovarienne, les sondes dans le vagin, le déclenchement de l'ovulation, la ponction ovarienne pour aller chercher l'or procréatif sous anesthésie générale. Selon le professeur de San Diego, les précieux ovocytes devaient nous être alors soit attribués directement – « à la *fresh* » – pour une insémination avec mon sperme et celui d'Alessandro, soit congelés. Dès que les ovocytes voyagèrent, les choses se compliquèrent.

Alessandro s'était bien interrogé sur l'âge moyen des « Elles » lors de nos discussions interminables du soir autour d'un verre. Cette course à la procréation avait vidé les réserves du caviste situé en bas de la maison. Malgré sa motivation démesurée et son désir impérieux de paternité, on trouvait ces vendeuses d'ovocytes « quand même bien jeunes », certaines ayant même l'air d'être mineures :

— David, pourquoi d'après toi elles sont si jeunes ? C'est le mode de recrutement dans les facultés qui en est la raison ? Ou est-ce parce que ce sont elles qui ont le plus besoin d'argent ?

— Tu ne te souviens pas de tes cours de SVT ? On prend des femmes jeunes qui ont un stock d'ovocytes non dégénérés.

8

Le spécialiste français de la fertilité, installé en secteur 3 avenue Bosquet dans les beaux quartiers de Paris au milieu d'un bureau de cinquante mètres carrés en angle avec une moquette plus épaisse que la toison pectoralc de Kamran, me l'avait bien expliqué, assez cash, après que nous avions, Alessandro et moi, satisfait au rituel du spermogramme :

— Quatre millilitres c'est un bel éjaculat, félicitations ! Mais vos spermatozoïdes sont tout flasques et peu nombreux. Normalement on les compte en millions. En dizaine de millions même : en dessous de quinze millions par millilitre, les difficultés commencent. Vous, c'est à peine si on est dans les cent mille… Il n'y a rien, c'est assez faiblard, mais quand on les centrifuge il en est quelques-uns qui bougent, c'est un signal qu'il y a peut-être quelque chose à en faire…

— Je suis stérile en fait ? demandai-je naïvement, oubliant mes cours d'histologie, sans goûter aux compliments éjaculatoires et surtout sans percevoir quels en seraient les enjeux concrets dans notre démarche de couple.

— Non, je ne dirais pas cela, esquiva le praticien dont chaque parole semblait enfler le dépassement d'honoraires. Vous avez toutes vos chances, ce n'est pas une science exacte et cela ne préjuge pas de l'état de votre sperme le jour J, celui de l'insémination. Ce que je vous conseille, c'est de la faire en *fresh*.

Le terme « en *fresh* » ne m'était pas clairement explicite. Voulait-il dire « à la fraîche », comme ces promenades digestives que nous faisions l'été en famille, près d'Uzès ? Non, derrière son anglicisme d'expert faussement international, il proposait que l'insémination ait lieu avec du sperme – le mien en tout état de cause – frais, sans passer par l'étape de congélation, directement mis au contact des ovocytes de la donneuse. Je compris toute de suite que tout allait encore pencher du côté d'Alessandro, qui avait rendez-vous quelques minutes plus tard, et que ses spermatozoïdes à lui seraient à la hauteur de sa vie et de son désir d'enfant : surmultipliés, vitaminés, botoxés. Des spermatozoïdes bodybuildés. Et ce fut le cas. Mais la course était encore longue, même à trois millimètres par minute, la vitesse moyenne d'un spermatozoïde vaillant par temps clair. Un peu comme dans la fable du *Lièvre et la Tortue*.

Sitôt ma carte bleue débitée, le praticien me raccompagna à la porte de son bureau tout en me broyant la main avec un ultime message d'espoir : « Vous savez, il y a des techniques pour forcer un peu la nature, comme le viol de l'ovule. On peut injecter directement, à l'aide d'une pipette, un spermatozoïde dans l'ovocyte, ce qui augmente les chances d'obtenir des embryons. Ça va le faire, ne vous inquiétez pas… »

Cette analyse de sperme reste un beau souvenir de couple. Nous avions pris rendez-vous dans un laboratoire spécialisé à deux pas du lion de la place Denfert-Rochereau, au petit matin pour ne pas empiéter sur les réunions d'Alessandro. Après une soirée un peu arrosée avec un autre couple dans la même démarche de GPA, nous avions passé une partie de la nuit en jeux érotiques, de peur de n'être pas au rendez-vous érectile et biologique lors de cette étape déterminante pour notre projet de parentalité. Un peu inquiets néanmoins que l'alcool influe négativement sur nos qualités spermatiques. Des jeux d'autant plus excitants que les recommandations du laboratoire étaient des plus précises :

– *Respecter un délai d'abstinence sexuelle pendant deux à huit jours avant l'examen.*

– *Effectuer le recueil de préférence au laboratoire après une miction, un lavage des mains et du gland.*

– *Bien s'hydrater la veille et le jour du recueil.*

Le laboratoire était en sous-sol. La personne de l'accueil, la seule au rez-de-chaussée derrière son Plexiglas, ne leva pas la tête en nous entendant arriver, sauf à l'énoncé des noms et prénoms qui rompaient avec son habitude des couples hétéros. Une fois au bas de l'escalier, une laborantine nous prit un par un pour nous expliquer d'un ton mécanique la marche à suivre :

— Voici le pot. Avant tout, assurez-vous que la porte soit bien fermée à clé. Urinez aux W-C sur la droite. Puis procédez à une toilette minutieuse à l'eau savonneuse des mains, des ongles et de la verge, afin de limiter les contaminations bactériennes. Attention, dit-elle, les lèvres carminées et pincées, les traces de savon et d'eau peuvent également altérer la qualité du sperme. Il vous faut bien rincer à l'eau courante puis sécher à l'aide d'une serviette en papier. Enlevez le couvercle du récipient et posez-le à l'envers sur la tablette. Tenez le réceptacle stérile par le pied pour éviter toute contamination du prélèvement et recueillez la totalité du sperme par masturbation. Attention, il faut qu'il y en ait jusqu'au trait là... sinon ce n'est exploitable.

— Mais si cela ne monte pas assez haut ? questionnai-je naïvement, me rappelant la soirée alcoolisée, le départ tardif des amis et les jeux érotiques qui avaient occupé une partie de notre nuit.

— Ce n'est pas mon problème... Désolée. Vous avez des films pour cela sur deux canaux, 1 et 2, me dit-elle en me tendant une télécommande recouverte intégralement de plastique.

— Des films comment ? tentai-je, un rien provocant.

— Ben... des films normaux.

— Justement les « films normaux », ce n'est pas trop notre truc... Est-il possible qu'il me rejoigne ?

Le visage jusque-là poupin de la laborantine se mua subitement en incompréhension, pourtant la demande devait être fréquente.

— Ah non non, c'est interdit par le règlement et pas du tout hygiénique.

J'imaginais Alessandro dans la pièce voisine tout à fait à l'aise, passant du canal 1 au canal 2, fort de sa bisexualité. Et comme il disait souvent lorsqu'il s'aventurait sur la « Pay TV », seul dans une chambre d'hôtel pour ses missions d'audit à l'étranger : « De toute façon, tant qu'il y a une bite et des fesses… »

Je n'appuyai pas sur la touche rouge de la télécommande hygiénique. Nous avons échangé quelques SMS sexuels comme deux adolescents dans un dortoir de pensionnat. Et je me concentrai sur le souvenir de nos jeux. Le remplissage du pot se fit rapidement au-delà du trait.

« Refermez vite le réceptacle et posez-le à l'intérieur du passe-plat métallique sans activer l'interrupteur vert ou rouge s'il vous plaît », avait dit la préposée. Il ne devait y avoir aucun contact ni avec elle ni avec les bords du récipient. Je remontai à la surface une fois la mission accomplie pour attendre Alessandro. Il n'arriva qu'au bout de longues minutes. Sans aucun commentaire de la laborantine, tout contact ou échange post-éjaculat étant proscrit. Nous en étions réduits à l'échange du passe-plat par lequel notre avenir de parents devait transiter. Une *battle* commença avec Alessandro.

9

Nous n'étions pas dans le film de Woody Allen *Tout ce que vous avez toujours voulu savoir sur le sexe sans jamais oser le demander.* Où à la fin il est déguisé en spermatozoïde, minuscule souris blanche parmi d'autres à l'intérieur du corps d'un homme qui s'apprête à faire l'amour, corps présenté comme un laboratoire-usine rempli de médecins et de manœuvres déclenchant, par ordinateurs et engrenages, les mécanismes du désir et de l'érection. Woodyzoïde est parachuté contre son gré dans un trou noir et disparaît, absorbé par le néant. Les ovocytes de la donneuse et nos propres spermatozoïdes commencèrent par prendre l'avion de Paris et Boston jusqu'à Vancouver en n'empruntant aucune trompe de Fallope. Ils volèrent en soute, esseulés et congelés, en une sorte de fret procréatif. Comme des mineurs voyageant seuls d'avant l'heure, chaque tube dans son avion. Les premières fécondations *in vitro* réalisées par le centre de la fertilité de Vancouver furent des échecs. Cinq tentatives, cinq échecs ! Et chaque fois un virement bancaire à assurer. Échecs que nous suivions entre consternation et tristesse par Skype, téléconférences et mails. Impossible de comprendre quelle en était la cause. Nous n'arrivions pas à passer l'étape *in vitro*, de l'évolution des embryons nés de la rencontre provoquée entre nos spermatozoïdes et les ovocytes d'« Elle » : dix de mes embryons et dix d'Alessandro. Le centre nous tenait au courant par mail du comptage quotidien des embryons encore viables sur les cinq premiers jours afin de choisir le plus vaillant pour l'implantation dans l'utérus de Charmaine qui attendait accrochée à son portable. Ou plutôt les deux plus vaillants car nous avions opté, d'un commun accord, pour des jumeaux. Le centre de Vancouver avait bien tenté de nous dissuader de la gémellité. Pour nous deux ce n'était pas seulement une question d'argent, même à ce prix-là ; nous étions convaincus de ne plus avoir une once d'énergie après cette épreuve de près de trois ans de démarches. Et nous pensions aussi qu'ils seraient plus forts à deux pour affronter la singularité de leur situation, grandir avec deux pères pédés, une nounou prénatale canadienne et sans mère.

Les semaines de comptage des embryons, Alessandro se levait la nuit pour consulter en douce ses mails et obtenir notre score par rapport au 10/10 de départ. Score qu'il inscrivait à la craie sur le tableau noir des courses : 5/7, 4/3, 2/5. Une comptabilité qui occupa nos petits-déjeuners. Cinq fois, nous étions arrivés à la nullité nullipare : 0/0 à J 5. Aucune implantation possible. Trop de casse. Bien souvent, je me retrouvais en tête de cette compétition bien que suspecté d'incompétence féconde.

Nous avions consulté une star nord-américaine de la GPA, très prisée en France, le docteur Sadek Pirebriss, qui possède un centre à San Diego et un autre à Seattle. Ses locaux sont remplis de photos de bébés nés de mère porteuse. Le portrait du plus âgé, qui a dans les 25 ans, trône au-dessus de son bureau high-tech avec cette légende : « *Je t'ai connu quand tu étais un beau blastocyste*[1] *saupoudré d'amour !* » Le docteur Pirebriss offrait l'image du technicien de haut niveau, en tenue de bloc opératoire bleu marine, empathique et zen. Ses pages Facebook, Instagram ou Twitter attestent son empathie *gay friendly* et francophile : il y pose vêtu du maillot de Mbappé ou entouré de nombreux couples de garçons dont beaucoup ont conservé un lien d'amitié. Il affiche aussi ses fils nés sans assistance médicale. Une publicité vivante pour la procréation. Son site ressemble à un livre de la reine des photographes de bébés déguisés en bourdon, en fée ou en nénuphar, Anne Geddes, mais dépourvu des attributs kitch. L'aspect commercial de l'affaire, peu visible sur son site, ne déborde pas de ses propos. Son cursus scientifique inspire confiance. La cinquantaine, une barbe grise et une moustache

1. Le blastocyste est le stade où l'embryon de 5 à 6 jours a une structure cellulaire complexe d'environ 200 cellules. Cette phase correspond au développement avant l'implantation de l'embryon dans l'utérus maternel.

noire drue, il parle couramment le français, l'espagnol et l'anglais. Ce qui élargit d'autant le champ de sa patientèle. Il nous a vanté en préambule, avec quelques diapositives en partage d'écran, l'excellence des résultats obtenus dans sa « petite entreprise », selon sa propre expression. Près de 700 naissances par an, seulement 10 % de grossesses gémellaires et un « taux de succès » plus qu'estimable : « Pour nos cycles avec donneuses, nous avons eu cette année un pourcentage de 75 % de succès (enfant vivant) par transfert. » Nous avons compris très vite que la méthode appliquée à Vancouver n'était pas la bonne. Il expliqua avec une confraternité en dentelle que les prélèvements cellulaires dans le corps de la donneuse d'ovocytes n'étaient pas assez bien encadrés à Vancouver. Ses qualités ovariennes n'étaient pas en cause, nous avions choisi, semble-t-il, la meilleure « productrice » du listing. Mais la surveillance de la stimulation ovarienne par échographie était insuffisante. Nous décidâmes alors de rejoindre son équipe dans le centre flambant neuf de San Diego et de suivre son plan d'attaque.

— Il y a aussi un problème pour la phase de fécondation *in vitro* en plus du défaut de prélèvement des ovocytes. Ce que je vous propose, c'est de faire une fécondation en *fresh*, sans passer par la phase de congélation, et une implantation dans les jours qui suivent la fécondation *in vitro*. Mais cela nécessite toute une organisation car la mère porteuse, la donneuse d'ovocytes et vous deux devrez être présents à San Diego et sans vous rencontrer en ce qui concerne cette dernière puisque tel est votre choix. Il faut en effet une bonne synchronisation entre le développement de l'embryon et la réceptivité de l'utérus. Vers le troisième jour, nous pourrons sous contrôle de la stimulation hormonale de la mère porteuse procéder à l'implantation des deux embryons "frais", un fécondé avec votre sperme, David, un autre avec celui d'Alessandro.

10

J'ai pris en marche le train nommé « désir d'enfant » d'Alessandro. J'y suis monté en courant et en fin de wagon, essoufflé, à la limite de la gueule plate sur le quai. J'ai grimpé, une main sur la barre latérale, la porte ouverte aux vents, et ai atterri là où on range habituellement les VTT, les handicapés et les poussettes. Peu à peu, en remontant les vents contraires dans notre rapprochement de couple, je me suis retrouvé en première classe en tête à tête avec lui. Comme deux parents en devenir dans l'attente du quai. Son désir de parentalité était devenu le nôtre depuis l'*air dropping*. Désormais, grâce à son obstination je me projetais enfin comme père. Et nos enfants seraient gavés d'amour.

Au fil des ans, Alessandro avait pris beaucoup d'avance. Il s'était mué en baby-sitter hors pair. Comme en un entraînement assidu à sa paternité qui n'avait fait qu'attendre. Nos amis, pour la plupart hétéros, adoraient venir à la maison, surtout avec de très jeunes enfants. Dès le pas de la porte, ils pouvaient compter sur lui tant il prodiguait son attention protectrice à tout ce qui portait couches et doudous. Aux tout-petits comme aux plus grands. Veillant sur les cacahuètes qui traînaient, plaçant une chaise devant toute fenêtre ouverte, bloquant l'accès aux placards à produits d'entretien, aux terrasses, aux prises, écartant le chat dans une pièce voisine par précaution ; tout danger domestique était anticipé. Parmi ses spécialités : l'oreille décelant le moindre cri suspect. L'égal du spectateur qui, au vingtième rang d'un concert philharmonique, entend le son du triangle. Sans bruit, il vigilait à la place des parents. Il venait, de temps à autre, rythmé par l'horloge interne de son inquiétude de pas-encore-père, vérifier si les enfants des amis allaient bien. Dans leur sommeil, il touchait leur front, écoutant le rythme d'une respiration, le bruissement d'un souffle pour tranquilliser sa phobie de la mort subite du nourrisson. Réveillant parfois l'enfant lorsque le geste se faisait trop insistant. Cette peur, j'en étais un peu le responsable par un récit de garde de pédiatrie. J'avais dû effectuer des prélèvements autopsiques sur un nourrisson décédé et confirmer l'horreur du diagnostic aux parents. Depuis ce moment-là, je ne lui racontais plus rien concernant les enfants et mon métier.

Il était unanimement perçu comme un personnage à sang-froid, métronomique dans sa vie, hyperorganisé, objectif par objectif, ascension par ascension, stock-option à la clé. Une sorte de « killer » au travail avec des journées de quinze heures où il écrasait toute concurrence dans sa boîte d'audit, n'hésitant pas à prendre la place d'un collègue de quinze ans son aîné, fragilisé par un divorce difficile. Il surclassait les hétéros obligés de faire bonne figure les jours de grève de la cantine ou de varicelle. Toujours disponible pour animer au pied levé un séminaire à La Grande-Motte ou à Val-Thorens. Il en redemandait encore quand il était question de débriefer au petit matin après avoir épongé une foule de virgin mojitos là où d'autres s'étaient abandonnés. Son rapport à l'autre pouvait se révéler rugueux ou distant, mais quand il s'agissait des enfants il desserrait son carcan de rigidité. Et si un enfant lui semblait en difficulté, il se liquéfiait.

Un vendredi d'hiver, il m'avait rejoint à Marseille. J'avais passé une semaine d'immersion au sein d'une équipe de recherche de l'hôpital Saint-Julien, dans le cadre d'un diplôme universitaire sur l'épilepsie. Le chef d'unité venait de Paris et souhaitait inviter les quelques étudiants parisiens que nous étions à dîner ; le genre de dîner bourgeois en présence d'un couple de notables marseillais et du frère jumeau de l'hôte, copie conforme dont le jeu de double était une spécialité. La première surprise, au-delà de la gémellité, était apparue dès l'ouverture de la porte d'entrée, qui laissait découvrir une immense maison de maître des années 1930 au fond d'une impasse fleurie du VIIe arrondissement. Le dîner s'était poursuivi en discussions insignifiantes que l'accent du Midi ne suffisait pas à rendre intéressantes et sans autre mention de qui pouvait bien habiter cette immense maison de trois étages.

J'en étais à mon deuxième amaretto quand un garçon d'une dizaine d'années descendit à pas feutrés l'escalier de marbre gris donnant sur le salon. Il était apparu vêtu d'un pyjama sans âge, rayé blanc sur bleu, sous une cape, un visage d'ange échappé d'un tableau de Fragonard barré d'une mèche blonde et chaussé d'une paire de lunettes à fines montures. En s'approchant sans un bruit, le garçonnet dévoila un fusil à eau fluo relié à deux énormes bonbonnes sanglées dans son dos. Il s'était posté face à Alessandro, qu'il avait trouvé affalé sur le canapé en L du salon. Armant son fusil, il déversa le contenu propulsé avec force sur la chemise et le costume d'Alessandro qui ne bougea pas, sidéré. Moins par la froideur du liquide que par le silence des parents qui accompagna l'assaut aquatique. L'enfant remonta en courant dans sa chambre. Sans un mot des parents, qui se contentèrent de proposer une tenue de rechange.

À mon troisième amaretto, le gamin revint une seconde fois. Cette fois sans lunettes et sans arme. Il était encore plus beau, mais d'une beauté étrange, diaphane. Un peu dans l'esprit de Tadzio, le jeune adolescent à la beauté éthérée du *Mort à Venise* de Visconti. Sans un bruit, il s'approcha de nous, les bras arrimés à une tour Eiffel en allumettes dont on apercevait le troisième étage encore incomplet. L'objet était aussi grand que lui et témoignait, à vue de nez, de centaines d'heures de collage. Se frayant un chemin il tenta de la poser, sans attendre l'aide d'un adulte, sur la table basse en marbre blanc, face à Alessandro, désormais en tee-shirt, qu'il regardait avec affection, tel un allié implicite. L'arrosé adoubé. À l'approche de la table encombrée par les cadavres de bouteilles et les verres vides, l'enfant trébucha avec son précieux chargement que ses bras frêles ne purent retenir. Sans le moindre signe de soutien des parents. De multiples allumettes s'éparpillèrent sur l'épais tapis de laine, le deuxième étage se désolidarisant du reste de la tour qui en perdit son socle de carton dans la chute. À l'instant où le fragile édifice toucha le sol, comme au ralenti, un cri jaillit de sa bouche. Un cri animal, lugubre. Un cri de douleur morale retentissante que les volumes sous plafond de la maison amplifièrent, comme en une chambre d'écho. Comprenant la violence de la situation comme il en avait perçu tout le pathos, Alessandro mit sa main sur la tête de l'enfant. Puis il se leva lentement avec lui, demandant simplement où se trouvait la réserve d'allumettes. Il revint de la cuisine avec deux boîtes familiales de deux cent quarante allumettes chacune. Dans ce laps de temps, Erwan, dont nous avions appris le prénom, avait couru chercher la colle. Alessandro s'installa pour deux bonnes heures de collage, alors que nous reprenions notre discussion badine et imprégnée, l'enfant à ses côtés mettant progressivement la main à la tâche. Ils avaient refait, point de colle par point de colle, l'édifice meurtri. Héros d'un soir dans le monde du silence. Nous allions partir à pas d'heure, sans être au bout de nos surprises. Dans la voiture qui nous ramenait à notre hôtel, le père de l'enfant qui nous recevait ne mit aucun mot sur ce qui venait de se passer. D'Erwan, il nous confia qu'il était un enfant « très intelligent et sensible » mais « compliqué », comme disait mon père. D'après le récit d'amis communs recueilli le lendemain, Erwan mémorisait de vieux bottins téléphoniques de Marseille en y retenant des numéros en correspondance avec des adresses et des noms. Il avait aussi des personnages-poupées qu'il découpait pour voir s'il y avait des sentiments à l'intérieur. Il ne fut pourtant question ni d'autisme, ni d'Asperger, ni de souffrance. Rien d'autre que le non-dit, comme un écran noir posé sur cette rencontre hors norme. Alessandro testait un peu plus son désir d'enfant à tout prix.

L'amour des enfants d'Alessandro ne saurait se résumer à son empathie de ce soir-là. Un jour où je m'efforçais de faire un peu de rangement dans l'appartement de la rue de Petits-Oiseaux, j'étais tombé dans une des deux chambres dites « des enfants » sur une commode remplie de vêtements. Du 0-3 mois au 2 ans alors que nous n'en étions qu'au spermogramme. Que des marques de luxe : Burberry, Dior, Dolce & Gabbana, Gucci, Bonpoint, Catimini… Des bodies, des barboteuses, des gigoteuses, des pyjashorts, des robes, des capes de bain, des bonnets et des chaussons de laine, des brassières s'entassaient. De ces vêtements que les couples oublient parfois en partant en urgence à la maternité, et que le père va acheter à la hâte dans ces magasins hors de prix que l'on trouve à proximité des maternités. Lui avait déjà anticipé au point que la poussière pourrait s'y déposer. Je n'avais pas osé évoquer avec lui ces achats aussi prématurés que conjuratoires de peur de le blesser.

Parfois son amour des enfants pouvait se retourner contre lui. Un matin de printemps, Alessandro avait gravi les cinq étages sans ascenseur de l'immeuble des Petits-Oiseaux pour revenir du courrier tout pâle. Il tenait à la main une lettre ouverte en hâte, une simple enveloppe à fenêtre à en-tête de la Direction générale de la police nationale où figurait une convocation de police :

À la demande du gardien de la paix Mallu

Agent de police judiciaire

M. Alessandro di Marco

Vous êtes convoqué le lundi 17 juin – à 10 h 00

Pour y être entendu sur les faits : autres crimes ou délits

À la BDEP Bercy 30 rue Antoine-Julien Hénard 75012, Paris

Vous pouvez vous faire assister d'un interprète

Vous pouvez désigner un avocat de votre choix ou demander un commis d'office, immédiatement ou à tout moment de l'audition pour vous assister.

Il dodelinait de la tête, répétant ces mots : *autres crimes ou délits*, et pensa jusqu'à l'heure de la convocation qu'il devait s'agir d'une erreur d'homonymie.

Ou une de ces fausses accusations à caractère pédopornographique qui circulent généralement dans les boîtes mail. De quel crime ou délit pouvait-il bien être accusé ? Sa stupeur se doubla de colère lorsque je tentai d'entrevoir des pistes possibles :

— Tu n'as pas eu une relation avec un garçon mineur ? Ou frotté un peu trop un type dans le métro…

— David, arrête ton délire ! Tu sais très bien que nous sommes en couple fermé depuis que nous essayons d'être parents. Tu n'imagines pas que je puisse être convoqué pour un attentat à la pudeur, quand même ?

Il avait souhaité que je l'accompagne au commissariat. C'est une femme flic, brune et jeune, un piercing à l'oreille gauche, flanquée d'un jeune stagiaire acnéique, qui étaient venus nous chercher à l'entrée.

— Vous êtes son avocat ? me demanda-t-elle, confirmant qu'elle avait déjà identifié Alessandro.

Impossible de percevoir sa réaction tant son demi-tour se fit rapidement comme une injonction à la suivre, le stagiaire fermant la marche. Une fois assis tous les quatre dans un bureau sentant le renfermé, la femme flic exposa les circonstances de l'audition :

— Vous comparaissez libre, je vous le précise. Cela aurait pu ne pas être le cas, lança-t-elle en guise d'entame rassurante. Monsieur Di Marco, les faits qui vous sont éventuellement reprochés peuvent être d'une extrême gravité. Vous risquez jusqu'à trois ans de prison et 150 000 euros d'amende. Ce n'est évidemment pas moi quoi déciderai de votre sort, mais le juge d'instruction à qui je transmettrai l'intégralité de cet entretien. Il peut classer l'affaire sans suite ou vous faire juger. Je vous invite donc à donner des réponses claires à mes questions et à bien réfléchir avant de répondre : Avez-vous des enfants ?

— Non, répondit Alessandro, tétanisé.

— Avez-vous des neveux, des enfants que vous gardez, des baby-sittings ou toute autre activité sportive ou culturelle en rapport avec les enfants du niveau école primaire ?

— Non, je n'ai aucun neveu ou nièce de mon côté, je suis fils unique ; quant aux neveux de mon mari, nous ne les voyons jamais. Mais il m'arrive parfois de garder, oui, un enfant de copains pour les dépanner.

— Mais aucun d'entre eux n'est scolarisé à l'école primaire de la rue du Mont-Cenis, dans le XVIIIe arrondissement ?

À l'évocation de cette école, dont j'ignorais jusqu'à l'existence, le visage d'Alessandro se relâcha. De profil c'était tout à fait perceptible et sa lèvre supérieure avait cessé sa tremblante. Il desserra les mains de ses cuisses ; son pantalon beige portait deux traces moites, comme une ombre portée. Je percevais sans rien comprendre qu'il prenait pleinement conscience de la raison pour laquelle on se retrouvait là et que cela le rassurait alors que mon propre désarroi croissait.

— Pas du tout, mais…

La femme flic ne le laissa pas terminer sa phrase et ouvrit une chemise extensible à sangle rouge dont elle se mit à extraire une par une toute une série de photos d'Alessandro, qu'elle étala sur le bureau. On le distinguait parfaitement, debout derrière les parents, assis sur les marches d'escalier, renvoyant un ballon perdu du pied. Toujours à distance. Il y avait au moins deux angles de vue qui témoignaient que les photos devaient avoir été prises par les parents mais aussi de l'intérieur de l'école, sans doute par le personnel. Les tenues successives d'Alessandro permettaient d'y suivre les saisons. Une ou deux photos par saison.

— Et là vous faites quoi ? Votre comportement a intrigué plusieurs personnes. J'ai ici une main courante de la directrice de l'établissement – et certains parents ont fourni, à sa demande il est vrai, ces photos – jugeant votre présence en sortie d'école sans raison pour le moins curieuse.

— Madame, je ne sais pas si vous avez déjà des enfants mais pour ma part je n'en ai pas. Depuis que je suis adulte je n'ai qu'un désir, c'est être père. Pas pédophile ! Non, juste père. Je n'ai aucun penchant pour cette abomination. Je n'en connais pas un seul, le sujet me révulse et je ne tolère aucune allusion à la pédophilie. Tenez, je vous laisse mon ordinateur et mon portable, fouillez : vous ne retrouverez aucune trace, aucune photo, aucun site. Et si cette histoire de plainte se poursuit contre moi je pourrai fournir des dizaines d'attestations de mon affection sans ambiguïté pour les enfants. Je veux simplement accéder à la parentalité et c'est une façon pour moi, peut-être suspecte aux yeux des autres, de m'y préparer.

— Vous n'avez pas pris le chemin le plus simple ! coupa la représentante de l'ordre dont c'était le premier signe d'humanité.

— Regardez ces photos : je ne me cache pas, je n'importune personne, je ne parle pas aux enfants. Vous croyez que c'est le comportement d'un prédateur en chasse ? Nous sommes avec mon mari en pleine procédure de procréation médicalement assistée, mais nous allons d'échec en échec. Je n'ai jamais imaginé que le fait de venir de temps en temps dans cette école de Montmartre pour regarder des enfants, leurs pères, et rêver un peu, pouvait constituer un délit et me voir suspecter du pire. Je vais vous dire pourquoi j'ai choisi cette école : elle est posée sur la butte Montmartre, en bas d'escaliers qui montent au Sacré-Cœur au fond d'une impasse piétonnière. C'est un espace protégé où les parents restent un long moment avec les enfants qui jouent sans danger. C'est un peu comme si j'étais dans un square, assis sur un banc. Il y a aussi des passants qui s'arrêtent parfois. Si nous avons un jour un enfant, j'aimerais qu'il puisse aller dans cette école car nous n'habitons pas loin. Voilà, vous me comprenez ? Il n'y a là aucune perversion, aucune déviance, aucun trouble d'ailleurs et j'imagine que vous n'avez pas recueilli la moindre plainte de parents. Après, faites votre travail, madame, mais s'il faut aller voir cette directrice d'école suspicieuse pour m'expliquer, je le ferai.

Alessandro avait terminé son plaidoyer *pro domo* en larmes. À son regard nous comprenions que l'expérience de la femme flic lui permettait aisément de distinguer, quand un adulte chialait devant elle comme un gamin pris pour un vol de bonbons, si sa réaction tenait du cours Florent ou de la meurtrissure béante face à un sentiment d'injustice. Son visage avait changé de physionomie, tirant un peu plus vers l'humain. Elle le laissa relire et signer sa déposition et nous raccompagna à l'entrée blindée avec sas du commissariat. Arrivée devant la première porte, avant de sonner, elle tendit la main à Alessandro et prononça quelques mots inaudibles pour un tiers : « Je ne suis pas dans la tête du juge, mais nous devrions en rester là. Les squares, c'est quand même mieux… »

L'affaire fut classée sans suite. Alessandro ne retourna jamais rue du Mont-Cenis.

11

La tête en vrac sous les effets de cette entrée prématurée en paternité, du jetlag et du whisky-Coca, je me réveillai vers 6 heures du matin, heure locale, dans notre hôtel kitch où nous étions censés rester. Au petit-déjeuner, Alessandro revint sur le patronyme du pédiatre des petits poids : Tremblay. Certes c'était un nom banal au Canada, mais il lui revint une saga lue dans un livre sur les jumeaux, celle de la famille Tremblay précisément, Paul-Émile et Rosa Tremblay, aujourd'hui âgés de 87 et de 88 ans. Entre 1947 et 1961, en quatorze années seulement, les Tremblay qui figurent dans le *Guinness des records* ont donné naissance à dix-neuf enfants dont sept paires de jumeaux auxquels s'ajoutent cinq singletons. Entre deux pancakes, il chercha compulsivement sur sa tablette si le docteur Philippe Tremblay n'apparaissait pas dans ce tableau de chasse gémellaire hors norme.

La journée devait être impérativement consacrée à l'organisationnel. À commencer par nos emplois respectifs, bouleversés par cette grande et imprévue prématurité. Le docteur Tremblay avait parlé d'« au moins huit semaines ». Soit une éternité. J'avais d'abord joint l'assistante de mon chef de service, puis ma DRH à l'hôpital, pour vider mon compte de RTT, mais cela ne suffirait pas. Je devrais en passer par le congé sans solde pendant au moins un mois. J'assurerais des téléconsultations pour mes patients les plus complexes et ceux qui m'étaient le plus attachés. Alessandro avait négocié de travailler à distance via l'antenne de Vancouver de sa boîte d'audit et avait déjà vendu une partie de son portefeuille d'actions. Le rendez-vous avec l'assistante sociale relevait plus du conseil d'orientation comptable que du service social. Elle nous expliqua clairement notre problème, que nous n'avions pas anticipé, encore moins calculé :

— Je me dois d'imaginer le pire, je veux dire dans la longueur, pour que vous puissiez vous organiser au mieux. Si les petits restent trois mois dans notre établissement entre réanimation néonatale et lits de suite pédiatrique, c'est…

Elle prit alors une calculette monumentale comme il en est fourni aux personnes atteintes de la maladie d'Alzheimer, avec de grosses touches et de gros chiffres afin qu'ils se repèrent au mieux, comme si la mémoire était une question de taille du signal.

— … au bas mot plus d'un demi-million de dollars canadiens pour deux mois, un million pour trois, rien qu'en frais médicaux. Et je ne vous parle même pas du coût de la vie à Vancouver durant ces mois d'attente. Personne dans mon expérience, et je suis là depuis douze ans, n'a cette somme à aligner en plus des frais de GPA. J'imagine que tel est votre cas ?

Aucun de nous deux n'osa démentir.

— Soit on enlève la mère porteuse de l'acte de naissance pour vous y faire figurer tous deux, les pères, et vous assurerez alors le financement ; soit vous laissez la mère porteuse qui ne renonce pas encore à ses droits parentaux, si elle accepte bien entendu, et ce sera son assurance privée complémentaire qui prendra en charge l'intégralité des frais médicaux de vos deux petits. Mais dans ce cas elle reste la maman, et il faut encore que son mari renonce à reconnaître les enfants comme prévu j'imagine par contrat, puis ce sera à vous de vous organiser avec vos conseils pour trouver comment passer la douane, avec l'un de vous deux comme père, et une fois rentrés en France comment établir la double filiation.

Ses propos accompagnés du mouvement des mains ressemblaient à un jeu de bonneteau, cette escroquerie aux touristes où un billet passe d'un gobelet à un autre grâce à la dextérité du manipulateur et la complicité de faux passants. À force de bouger les mains et les concepts, on ne comprenait plus rien dans ce jeu de dupes sur la parentalité. Il me semblait qu'Alessandro suivait parfaitement cette agitation autour des rôles pères/mère et soulèverait au final le bon gobelet. L'avis de la conseillère du centre hospitalier était clair : « C'est à vous de régler le problème ! » Et nous avions trente jours pour choisir qui allait figurer sur l'acte de naissance de Diego et Léa. Il ne fallut que cinq petites minutes à Alessandro pour résoudre cette équation à trois inconnues :

— Charmaine reste la maman jusqu'à notre retour en France lorsque les petits seront à terme ; on oublie le *Pre-Birth Certificate*, je figure comme le père sur le *Birth Certificate*, ensuite on effectue la démarche d'apostille pour certifier conforme à l'international le document, avec en rentrant une demande d'adoption simple, non plénière, pour toi le temps d'effectuer toutes les autres démarches ici avec Charmaine et Bruce. Si cela te va ?

Cela ne m'allait pas du tout, mais la marge de négociation était réduite. Notre couple devait s'effacer au profit de « ses » enfants. Les semaines qui suivirent la découverte de nos deux petits têtards l'illustrèrent un peu plus. Alessandro passait de longues heures dans le service pour prématurés. Je n'arrivais pas à suivre son rythme de père-né. Alors qu'il avait la mainmise sur toute la longue première phase de notre démarche, il avait subitement tout lâché au pied des couveuses. Il m'avait laissé toutes les démarches juridiques avec les deux cabinets d'avocats, à Vancouver et à Paris, et les pourparlers avec Charmaine et son mari, qui était en train de devenir son ex-mari, au risque de tout faire capoter. Je devais effectuer chaque jour les allers-retours, avec la Dodge de location par ferry, jusque chez Charmaine, à cent trente-sept kilomètres du centre de Vancouver, pour rapporter son lait à l'hôpital, lait qu'elle avait proposé de tirer pour accélérer la croissance des jumeaux. Quand j'arrivais à l'hôpital avec le précieux aliment, Alessandro était déjà là, avec un des deux jumeaux dans ses bras puis plus tard, dans leur *remontada* de croissance, avec les deux étalés peau sur peau sur son thorax. Il condescendait avec une infinie prévenance, semi-feinte, semi-calculée, à me les laisser quelque temps. Mais la messe était dite.

J'avais prévenu ma sœur. Depuis quatre ans que nous vivions ensemble, le moment de lui faire connaître Alessandro ne s'était jamais présenté. Le retour en France avec les deux petits était une opportunité de me rapprocher d'elle. Les parents d'Alessandro étaient arrivés d'Italie alors que les enfants n'avaient que dix jours. Ils furent aussi aidants qu'enveloppants. C'est eux qui nous permirent de passer un peu de temps à deux, hors hôpital, avec Alessandro et surtout de quitter notre hôtel, qui creusait un peu plus notre trou financier. Ils avaient démarché pour nous, depuis la Toscane, une fondation, qui par ses manoirs et ses maisons familiales s'attache à garder les familles près de leur enfant malade ou hospitalisé, aux États-Unis comme au Canada ou en Europe. La prématurité était un critère d'éligibilité retenu par cette fondation caritative. Nous avions rapidement quitté notre hôtel désuet pour un manoir familial où étaient regroupés des couples de parents de prématurés, hétéros pour la plupart, ce qui permettait d'échanger dans une communauté de destins. Il y avait même un couple gay venu de France avec leurs deux prématurés de 900 grammes chacun, qui avait déjà souscrit un prêt avec comme garantie hypothécaire leur unique maison de la banlieue de Clermont-Ferrand, à Chamalières, avec, ironie du sort, la Banque de France comme voisin.

Le temps déroulait son cortège d'imprévus dans cette parenthèse où nous n'avions ni l'un ni l'autre l'opportunité de faire des pauses. Léa et Diego remontaient le courant de leur prématurité comme deux petits saumons dans une rivière, en un cycle inversé par rapport à la ponte. Je prenais mes marques de néo-père. Alessandro confirmait jour après nuit qu'il était de la race des émeus, le plus grand des oiseaux, si l'on exclut l'autruche, que l'on trouve en Australie. L'émeu, comme ses cousins d'Afrique les casoars et les nandous, assume seul la couvaison et les soins aux petits. Un papa poule d'excellence, en quelque sorte. Pendant qu'il couve, la femelle quitte généralement le territoire pour s'accoupler avec un autre mâle. Durant cette période d'incubation de sept mois, le mâle ne mange pas, ne boit pas, ni ne défèque, se lève plusieurs fois par jour pour retourner les œufs et lutte contre les prédateurs. Le docteur Tremblay n'avait jamais vu d'émeu et bien peu d'Alessandro.

Les jumeaux grossissaient sans encombre. L'équipe soignante ne cessait de glorifier la présence douze heures par jour d'Alessandro et l'allaitement *drive in* de Charmaine. L'arrêt de la lumière bleue au-dessus des couveuses nous avait révélé une réalité intangible : Léa avait la peau mate qui évoquerait à l'évidence un lignage vers le sud de l'Italie jusqu'à l'île Maurice. Diego resterait un visage pâle qui me reviendrait. Les conseils de notre psychologue de la préparation à la GPA, n'avaient, de fait, plus de sens : « On n'a pas besoin de savoir lequel est de telle ou telle filiation, mais surtout n'en faites pas un secret. Vous ouvrirez les enveloppes génétiques un jour mais seulement à leur demande : qui de vous deux est mon papa ? »

Après deux mois et demi passés à la fondation, nous avions pu enfin réunir le bulletin de sortie du docteur Tremblay et les multiples pièces nécessaires au passage de la frontière de cette petite famille en voie de composition. Après un combat administratif titanesque qui n'était que la partie émergée outre-Atlantique de notre accession à la copaternité, nous filions direction l'île de Vancouver, chez Bruce et Charmaine.

La journée précédant le départ se devait d'être entièrement consacrée à Charmaine. Nous avions rejoint le port de Horseshoe Bay pour prendre un traversier vers Nanaimo, sur l'île de l'autre côté du détroit de Géorgie, avec notre Dodge qui permettait d'accueillir Alessandro, monté à l'arrière, et deux lits auto pour bébés fixés dans le sens de la marche, les enfants dos à la route. Bruce, Charmaine et leurs deux enfants vivaient là depuis plusieurs années. Ils étaient en cours de séparation, mais celle-ci semblait paisible. C'est Bruce qui vint nous ouvrir. Dans le salon décoré en néo-victorien trônait une photo de nous deux avec Charmaine prise devant le centre de la fertilité de San Diego le jour de l'insémination, et une autre d'Alessandro avec les jumeaux sur son ventre à l'hôpital, visages tournés vers l'objectif. Elles étaient éparpillées au milieu des photos de famille du couple, sans distinction. Charmaine se leva du canapé en faux cuir Chesterfield et prit directement les couffins des jumeaux pour les en extraire, avant de nous embrasser. Elle les cala l'un et l'autre sur chacun de ses seins encore volumineux et s'avança vers nous tout sourire. C'est d'ailleurs la photo de cet instant précis prise par Bruce qui figura longtemps dans notre chambre, rue des Petits-Oiseaux.

Contrairement aux récits liquoreux et dégoulinant de bons sentiments qui débordent de certains livres de témoignages sur les mères porteuses, cette journée fut difficile à négocier. Il y eut d'abord ce sentiment de dette incommensurable vis-à-vis de Charmaine. Elle avait fait bien plus que ne prévoyait le contrat et tant donné de sa personne que nous en étions tous deux aussi émus que démunis. Alourdis d'une dette sans monnaie d'échange. Il y eut ce voyage à San Diego « à la *fresh* », et cet accouchement prématuré et compliqué par césarienne qui la priverait sans doute d'un autre enfant si elle refaisait sa vie ; la culpabilité de Charmaine devant la grande prématurité des jumeaux, son travail social qu'elle avait perdu par non-renouvellement de son CDD suite à son absentéisme pré et post-accouchement, ses semaines d'allaitement à distance qui avaient fait beaucoup dans le sauvetage des « crevettes » mais qui lui avaient imposé une épreuve supplémentaire. L'argent n'achète pas tout. Une multitude de questions se bousculaient dans nos têtes : était-elle assez informée – les contrats signés ne remplaçaient pas les explications – et son choix suffisamment éclairé lorsqu'elle avait accepté l'implantation plus risquée de deux embryons au lieu d'un ? Cette GPA avait-elle une part de responsabilité dans leur séparation bien qu'ils assurent tous deux le contraire et que Bruce reste présent jusqu'au bout ? Comment ses propres enfants avaient-ils vécu la naissance de leurs non-frère et non-sœur nés de leur propre mère ? Quelle relation souhaitait-elle garder avec Léa et Diego ? Comment avait-elle vécu notre refus de la laisser organiser une *daddies party* avec ses amis et parents lorsqu'elle était enceinte pour nous présenter aux uns et aux autres ? Qu'avait-elle ressenti, au-delà du sentiment de « travail incomplet », selon sa propre expression, à la naissance des enfants ? Dans le fil de la discussion autour d'un buffet pour vingt personnes alors que nous n'étions que quatre, Charmaine apporta quelques réponses aux questions que l'on ne formula pas :

— C'est vrai que ça a été plus compliqué que prévu au début puis sur la fin. Mais je suis si heureuse de votre bonheur. J'ai fait le plus facile au bout du compte, la nounou de l'intérieur durant sept mois, mais le plus difficile, le plus long, vous revient : faire grandir Léa et Diego. J'ai toujours pensé qu'avoir des enfants est le plus beau cadeau que la vie puisse nous apporter. Et puis vous le savez, j'adore être enceinte ; c'est l'état où je me sens le mieux. Ce n'est pas hormonal mais j'atteins durant les mois de grossesse un niveau de plénitude incroyable, avec deux j'avais l'impression d'être en lévitation. Mais je n'en veux pas du tout à Léa et Diego de m'avoir privée de dix semaines supplémentaires… Et puis avec vous deux je me suis toujours sentie en confiance, dès notre première rencontre par Teams. Je n'ai jamais eu peur et j'ai toujours pensé que nous étions faits pour avoir un beau projet, ou deux, en commun. Vous savez, être une mère porteuse est un lien solide qui unit nos deux familles pour la vie.

Cette assertion était une réponse à la question du lien entre nous une fois rentrés à Paris. Elle avait vocation à nous rassurer et à établir un lien durable entre les deux familles. Elle m'inquiéta, s'agissant d'un lien « pour la vie » dans lequel aucun de nous deux n'arrivait à se projeter.

12

Ce sont donc Alessandro accompagné de ses deux enfants sans leur mère et un « ami » qui prirent officiellement le vol direct AF0379 au départ de Vancouver pour l'aéroport Charles-de-Gaulle terminal 2. Sans aucun problème pour passer la douane, nous étions hagards après une nuit sans sommeil au premier rang de la classe éco avec les deux lits amovibles accrochés devant nos sièges 6A et 6B. Empêtrés durant le vol dans notre maladresse de néo-pères, nous nous efforcions de gérer les enfants et nos angoisses sans trouver le sommeil sous le regard compatissant de la dame du 6C. Nous avions 50 kilos de bagages en soute et 5,85 kilos en cabine, bien vivants et réveillés. L'équipage nous accompagna avec bienveillance jusqu'au débarquement. Le douanier – mais il n'était que 5 h 30 du matin – ne fut pas surpris par ces deux nourrissons franco-canadiens voyageant avec leur père sans une mère. L'attente fut exténuante à la douane, bien qu'avec les bébés nous ayons un accès prétendument « prioritaire ». Les papiers étaient conformes. Je n'eus pas besoin d'extirper le jugement canadien instituant la parentalité d'Alessandro, dont les parents nous attendaient pour nous venir en aide dans cet ultime segment de voyage.

Le retour vers Paris fut, sur le strict plan parental, d'une banalité déconcertante. Passé la douane, nous allions pas à pas rencontrer tous les problèmes des parents de jumeaux. Nous avions tous deux sous-estimé le poids de la gémellité dans ce qui allait être la vie d'après. Nous avions en effet tout préparé, ou presque, de ce que la GPA allait poser comme embûches et exiger d'adaptations. Mais pas ce qui nous attendait : des problématiques de couches par deux, de nounou jumeaux-compatible, de poussette à deux places, d'ascenseur exigu ou purement absent rue des Petits-Oiseaux, de crèche ensemble ou séparés, de maladie de l'un dès que l'autre était souffrant, de vaccins à différer pour ne pas avoir les deux avec des effets secondaires, de voisinage, de choix d'habillement à différencier… Et plus globalement il nous fallait désormais voir la vie en double, si différente de celle de nos deux unités réunies. Très vite la question ne fut pas celle de l'homoparentalité, mais bien celle de la *gemelloparentalité*. Sur ce point, la nature nous avait épargné deux écueils : il ne serait jamais question de celui ou celle qui était sorti en premier du ventre de leur non-mère vu qu'ils étaient nés par césarienne ; et nous n'aurions pas longtemps à taire la loi de la génétique qui faisait que Léa était le portrait conforme d'Alessandro et Diego le mien.

Les premières années de vie furent entièrement centrées sur la paternité d'Alessandro. Il en était le meilleur ambassadeur. Il voulait assurer les deux bains, les deux biberons, les deux repas. Il était deux pères à lui tout seul, omniprésent comme un effaceur de paternité partagée. Les séminaires auxquels il ne pouvait échapper me permettaient néanmoins de rembobiner ma propre paternité comme un pêcheur de l'extrême avec son moulinet. Nous faisions chambre à part mais au premier cri, aux premiers gémissements de l'une ou de l'autre j'avais beau bondir hors du lit il arrivait derrière moi sans vraiment me pousser pour les prendre. Parfois il n'en prenait qu'un seul. D'une voix enveloppante, avec sa bouche en museau de tanche, il tentait de me rassurer : « Va te recoucher, chéri, je m'en occupe. »

Je ne sais comment Alessandro avait opéré sa mue professionnelle, de son indisponibilité pré-partum à une totale liberté de mouvement dès lors qu'il s'agissait d'accompagner Léa et Diego. Tantôt chez le pédiatre, tantôt chez le psychologue, ou lorsque la crèche nous appelait pour une chute dans la cour ou une température au-delà de 38,5 °C. Cela rassurait mon chef de service à l'hôpital et me permettait d'assurer astreintes téléphoniques et week-end dans le service, puisqu'il veillait. Il sur-veillait. Le couple n'existait plus, mais je pouvais m'abriter derrière lui et attendre mon heure. Il n'y en avait que pour les enfants.

L'acquisition du langage fut un exemple de surprise à laquelle nous avons dû répondre sans y avoir été préparés, comme tout parent de jumeaux. Diego et Léa adoptèrent très précocement cette déroutante forme d'expression peuplée de silences, qui est généralement l'apanage des vrais jumeaux, baptisée cryptolangage. Une forme de « langue des jumeaux » sujet de bien des fantasmes et de relents littéraires à l'instar de ce parler autonome – nommé « l'éolien » – des jumeaux des *Météores* de Michel Tournier. En un jeu de double, Léa et Diego se lançaient, dans la découverte du langage qui était leur nouveau terrain de jeu, des interjections, des cris, des syllabes, des mots qui leur étaient propres et dont la signification nous échappait. Les monitrices de la crèche étaient elles aussi déroutées. Ces vocables, en raison de leurs sonorités, des mots construits qu'ils faisaient tinter à nos oreilles, caractérisaient leur communication tout en excluant les tiers. Ainsi le mot « biri » signifiait tout ce qui se boit et se mange, « rabaco » l'ensemble des animaux de compagnie, « taberni » table ou chaise, « caligri » tout ce qui se dessine, « oumata » les dames de la crèche, « tratouette » les histoires racontées le soir pour dormir, « chachar » toutes les femmes rencontrées. À 2 ans, Diego et Léa ne connaissaient que huit ou dix mots en dehors de leur cryptolangage. D'autres mots n'étaient que la prolongation poétique et ésotérique de termes existant comme « arrosiller » pour uriner, ou « grandilarante » pour drôle. À 3 ans, c'est à peine s'ils arrivaient à marmonner deux phrases complètes en français. Les convocations chez la directrice et la psychologue scolaires n'y changèrent rien. Puis un jour, ils cédèrent. Nous avions bien consulté deux pédopsychiatres dont l'un homophobe nous renvoya à la théorie du double comme constitutif de la relation gay, à laquelle les jumeaux étaient censés répondre par leur langage. Une autre put, en trois séances, nous expliquer que cette langue inventée, et qui semblait au premier abord construite de façon ingénieuse, n'était autre qu'un mélange de mots anglais, québécois et français conduisant à un manque de cohérence, de syntaxe et de grammaire. À l'instar de « taberni » qui n'était qu'une extension enfantine du juron des francophones de Vancouver, « tabernak », que nous ne cessions de vociférer lors de nos périples outre-Atlantique. Les jumeaux abandonnèrent leurs signaux cryptés vers l'âge de 3 ans et demi. Ces *inside jokes*, créées à partir de gazouillements, n'évoluèrent pas hors de l'intimité pour devenir une langue à part entière. À l'entrée en moyenne section de maternelle alors qu'ils intégraient une classe bi-niveaux moyenne/grande section, Diego et Léa avaient rattrapé l'acquisition du langage sans se départir de leurs expressions secrètes, marque de leur connivence.

L'acquisition du langage révéla aussi la question du nom du père. Au tout début, à l'époque du parler gémellaire, les enfants nous appelaient « papa ». Nous nous retournions tous les deux et cela ne fonctionnait pas. Même si dans l'intonation de la voix chacun de nous deux pouvait distinguer à qui des deux pères l'un ou l'autre s'adressait. Comme une communication infraliminale, un sonar, sur laquelle ni Alessandro ni moi n'avions envie de construire la trame de nos échanges parents-enfants. Une discussion du soir, alors que nous étions perchés sur le rooftop, est restée gravée dans ma mémoire. Alessandro, une fois de plus, avait trouvé *la* solution :

— Bon, je suis le papa et on trouve un autre nom pour toi ?

— Tu plaisantes ? J'ai compris : tu as souhaité être sur l'acte de naissance mais maintenant ça suffit, tu vas arrêter un peu. Ces enfants, nous les avons voulus ensemble et nous les élèverons ensemble !

— OK : ils t'appellent David et moi, papa.

— Mais toi, comment appelles-tu ton père ?

— Daddy.

— Alors ils t'appelleront daddy et moi papa.

Alessandro opina de la tête et la cause fut entendue. Mais la question de la double paternité n'était jamais bien loin, comme tapie dans l'ombre. La route fut longue et nous l'avons faite parfois à genoux, comme dans la chanson de Barbara. Léa et Diego, comme tous les enfants nés à l'étranger par GPA, ont obtenu rapidement la nationalité française suite à la décision du Conseil d'État qui validait la circulaire Taubira de janvier 2013. Mais durant plus d'un an ils eurent comme père Alessandro, et je ne figurais qu'au second plan dans une procédure d'adoption simple. Il était le père, j'étais l'adoptant. Le temps que le tribunal de Vancouver intègre la déchéance de maternité de Charmaine et le refus de paternité de Bruce. Le temps aussi que tout cela soit transposé dans le droit français. Le jugement arriva des années après leur naissance. L'attente avait épuisé toutes nos envies festives.

Dans ce calme apparent, les petits nous réservaient parfois quelques surprises. On ne savait jamais s'ils les avaient préparées ou non, dans leur connivence de jumeaux. Au-delà des rencontres avec des parents de tout bord, nous nous étions dotés de tout ce que la littérature enfantine comprend de BD et livres *gay friendly* à destination des enfants. Tous les cas de figure étaient envisagés : un papa et une maman, un papa sans maman ou l'inverse, deux papas ou deux mamans, des Blancs et des Noirs, des Jaunes et des beurs, de vieux papas et de jeunes mamans, de jeunes papas avec de vieux papas. Il y avait l'histoire d'une petite graine magique, ou de deux, et d'une dame avec un cœur d'or qui ressemblait étonnamment à Charmaine. D'autres récits étaient maquillés en recette de cuisine pour faire des enfants de mère porteuse comme on ferait un gâteau avec une ou deux graines, un œuf magique, un moule à gâteau et deux plats pour les accueillir. Mais en dépit de ce développement livresque, nous n'avions pas préparé la réaction de surprise que constitua le mot « maman », auquel ils furent pour la première fois confrontés à l'école. Mot qui ne faisait pas partie à l'époque de leur panel linguistique réduit par leur cryptolangage.

Un vendredi soir, Alessandro était en réunion avec les États-Unis. J'avais pris le relais d'Odette, notre nounou ivoirienne, et j'étais allé chercher les enfants à la sortie de la maternelle. Léa et Diego étaient anormalement agités. Leur protégé du moment, Joshua, un vrai jumeau, était tombé du toboggan. Il avait crié « maman, maman, maman... » et toutes les enseignantes avaient accouru pour l'entourer. Aux yeux de Léa et Diego, pour le sauver. Très vite je perçus sur le chemin du retour qu'ils ne comprenaient pas cette magie du mot « maman », qu'ils n'avaient jamais prononcé dans de telles circonstances. Un mot qui n'existait pour eux que dans les livres et qui faisait accourir les adultes. À la boulangerie, Léa appela « maman » la jeune femme de la caisse. Puis la voisine de 75 ans croisée devant les boîtes aux lettres. Dès leur retour à la maison, ils testèrent l'impact du mot « maman » face à tout ce qui portait jupe ou soutien-gorge. Alessandro était revenu de sa réunion avec son binôme et deux collègues féminines pour un apéro. Devant cet aréopage féminin, Léa puis Diego n'eurent de cesse de les interpeller en les appelant « maman ». Comme ils le firent plus tard avec ma propre sœur ou la nounou. Ils testèrent le mot pour voir ce qui se cachait derrière durant des jours entiers. Ce fut leur jeu. Au bout de quelques jours, Alessandro trouva les mots, et le ton de la pédagogie :

— Chez nous, les enfants, il n'y en a pas, de maman. C'est comme ça, nous ne sommes pas comme tout le monde. Dans notre histoire il y a une nounou, Charmaine, et nous. Vous avez deux papas et c'est bien aussi. Et plein de bras maternels qui se tendent vers vous. Les autres, ils ont une maman mais un seul papa. Certains n'ont ni papa ni maman. On ne va pas se mettre à appeler tout le monde « maman » juste pour jouer parce que Joshua a appelé la sienne.

Alessandro n'avait pas élevé la voix sur les enfants mais ils arrêtèrent net.

Il y eut aussi le rituel de la fête des Mères. Quel malheur que de se taper la fête des Mères inscrite au calendrier par le régime de Vichy. Nous percevions bien combien les maîtresses d'école avaient de difficultés avec nos enfants. Notamment lors de la traditionnelle obligation d'inscrire en sérigraphie « bonne fête maman » sur une plaque multicolore hideuse. Finalement, Léa inscrivit « bonne fête mamie ». Même nombre de lettres. Et Diego « Bonne fête Charmaine ». Mais le plus compliqué n'était pas tant les comptines et la sérigraphie que les formalités de rentrée. Surtout aux changements de cycles, quand venait le moment du remplissage des fiches scolaires normatives :

Nom, prénom, profession, adresse de la mère…

Nom, prénom, profession, adresse du père…

Les enfants avaient choisi l'option d'en biffer l'item, aussi embarrassant que caduc, plutôt que d'en laisser les lignes vides, au risque d'affronter la suspicion d'étourderie. Nous nous interrogions souvent pour savoir lequel des deux pères était biffé, lequel figurait en première place. J'avais tenté d'établir une logique. Notre surprise fut de voir, avec les années scolaires qui passaient et les fiches d'inscription qui se multipliaient, que l'interchangeabilité des deux pères sur la fiche d'inscription n'obéissait à aucune logique, à aucun algorithme identifiable. Le code en était indéchiffrable ; leur binarité recelait son secret…

Diego découvrit avec stupeur en écoutant une conversation d'adultes avec des amis « parents d'intention » que la GPA était interdite en France. Il en référa immédiatement à sa sœur et ils déboulèrent au milieu du repas, quittant pour un temps leurs tablettes. Diego exprima leur surprise commune :

— Vous ne nous avez jamais dit qu'on était des voleurs ?

Alessandro tenta tout de suite de désamorcer la chose :

— Les enfants, il n'y a rien d'interdit dans votre naissance. C'est déjà assez compliqué comme ça. Personne ne va aller en prison ni recevoir la visite de la police. C'est juste que dans certains pays c'est plus autorisé que dans d'autres. Faut vous enlever de la tête que vous êtes nés grâce à quelque chose qui nous mettrait à l'amende. Ce n'est pas parce que nous avons dû passer par le Canada et les États-Unis que cela fait de vous des étrangers. On a passé beaucoup de temps et dépensé beaucoup d'énergie pour que vos naissances soient reconnues par notre pays. Ne vous inquiétez pas, vous êtes bien là où vous devez être. Le reste, c'est des problèmes d'adultes.

13

Les enfants grandissaient et le couple rétrécissait. Comme souvent après une naissance, *a fortiori* en nombre pair. La vie à deux s'était évanouie dans les méandres de l'accession à la parentalité et la paternité de l'un étouffait l'autre. Nous avions décidé, d'un commun accord, peu après l'entrée en CP des enfants, de faire appartements séparés. Alessandro prit une location à cinq cents mètres de la rue des Petits-Oiseaux. Nous assurions chacun une semaine sur deux la charge parentale des enfants en nous installant dans ce qui était jusque-là l'appartement familial. Les enfants n'avaient pas à bouger, cela faisait moins de bouleversements. Excepté un rendez-vous hebdomadaire chez une pédopsychiatre auquel nous nous rendions tous les quatre, Alessandro et moi vivions à tour de rôle avec les enfants. Nous poursuivions nos rituels, à l'instar de la réunion Zoom nocturne avec Charmaine le jour de leur anniversaire et de Thanksgiving à Vancouver tous les quatre. Les enfants ne semblaient pas être affectés par cette nouvelle organisation, comme s'ils y avaient été préparés depuis leur naissance. C'est précisément le moment où j'ai pu commencer à être pleinement père. Ce tournant de la vie où vous déléguez le futur à quelqu'un d'autre. Même à mi-temps, c'était déjà un saut quantitatif. Alessandro préparait notre séparation qui se profilait vers deux tiers/un tiers, vu ses revenus. Des cons sans enfants nous questionnaient ainsi à propos de la séparation et des jumeaux : « Pourquoi vous n'en prenez pas un chacun ? »

Je limitais nos échanges avec lui au strict minimum : quelques SMS organisationnels le plus courts possible. C'était le gage de ma tranquillité. Il n'empiéta pas sur mes semaines et respecta à la lettre le planning décidé d'un « commun accord », mot-clé de notre séparation, fût-elle provisoire. Je redevenais célibataire et ma vie plus conforme aux recommandations de mon cardiologue quant à la zen attitude. Mes beaux-parents étaient toujours présents pour accueillir les enfants une partie des vacances, en dépit de notre séparation. Ma sœur, toujours en quête d'un cadeau différencié pour les jumeaux, assurait une présence minimale mais généreuse. Elle faisait tant bien que mal des allers-retours entre la Bretagne où elle vivait avec un mari taciturne et sans enfant et s'efforçait de faire bonne figure dans son rôle de tata. Je l'avais un peu perdue de vue après mon *coming out* d'après *date* et retrouvée de façon éphémère à la mort des parents. Depuis la mort de notre frère aîné, la tendresse du doublon qui se serre les coudes de la vie avait pris le dessus. La naissance des jumeaux, malgré son impossibilité d'avoir des enfants, l'avait rapprochée un peu plus. Sa joie de vivre s'avérait communicative. Les jumeaux l'appelaient « tata Playmobil » en raison de sa coiffure toujours apprêtée et laquée. Mais un vent contraire allait souffler sur notre famille.

À partir du CP, Léa s'était mise à grandir plus vite que son frère, en taille et en maturité. Avec une discrète tendance à prendre l'ascendant moral sur lui, mais un ascendant non dominateur. Plus vive, plus responsable et plus adaptée à notre vie si singulière, elle traçait sa route d'enfant de tête. Elle semblait s'être affranchie plus rapidement que son frère de ce qui était leur singularité : leur vie sans mère. Elle s'investissait dans de multiples activités qui rebutaient son frère : la danse classique le samedi, le judo le mardi et le jeudi. Sa personnalité se précisait de plus en plus et elle entretenait via FaceTime une relation avec Charmaine dont nous étions exclus. Elle avançait à pas décidés et son frère s'efforçait de suivre. L'arrimage était solide. C'est aussi l'année où elle demanda : « Les papas, je voudrais apprendre l'anglais. Parce que la nounou de Vancouver, elle ne parle que l'anglais. Et quand je veux échanger avec elle, c'est trop dur. Les seuls mots français qu'elle connaît sont des mots que je ne connais pas avec un accent bizarre. Elle ne comprend rien de rien et moi non plus. Diego pense la même chose. »

Nous n'avions pas du tout intégré combien la barrière de la langue pouvait être un obstacle à un lien avec Charmaine. Dès lors, nous avons inscrit les jumeaux à une activité périscolaire. Suzanne, une Anglaise d'Oxford qui ressemblait trait pour trait à l'actrice Lucy Gordon, venait chercher les enfants à la sortie des classes, les faisait goûter en anglais et déroulait des jeux en présence de ses propres enfants bilingues. Léa adorait. Diego lâcha au bout de trois mardis.

14

Au début de l'année de leurs 7 ans, Léa est passée en un trimestre de la lumière à l'ombre. Une pâleur s'installa peu à peu, diaphane, presque laiteuse. Les premières consultations avec le pédiatre ne révélèrent rien d'anormal. Pas plus que les examens sanguins. Puis une fatigue s'insinua tout le long de ses jours, rompant avec son habituel débordement d'énergie. Il devenait difficile le matin de la réveiller et bien souvent Odette la gardait au lit. La maîtresse nous appela un matin car elle s'était endormie le long du grillage séparant le primaire de la maternelle. Elle ne se rendit plus aux cours de judo. Ni à la danse. Léa avait tous les symptômes de l'anémie : la pâleur et la fatigue, l'essoufflement au moindre effort, des malaises et des épisodes où son cœur battait la chamade. Mais le nombre de globules rouges restait curieusement au niveau normal. Débuta alors une période d'errance médicale et d'angoisse intense. Diego faisait des cauchemars où il se retrouvait sans sa sœur. Les pédiatres qui se succédèrent pensaient que c'était psychologique et la psychologue que c'était somatique. Alessandro et moi perdions patience dans ce no man's land diagnostique qui dura de longs mois et épuisa mon carnet d'adresses médicales. Léa continuait son inextricable fanaison sans se plaindre. Ses vêtements paraissaient trop grands pour son corps. Elle qui était toujours si coquette… L'amour de son frère redoublait à mesure qu'elle semblait quitter le monde de la couleur. Un ami chercheur nous conseilla une unité spécialisée dans les maladies génétiques à l'hôpital Bretonneau, à Paris, dans le XVIIIe arrondissement. Elle y resta quelques jours hospitalisée, le temps de programmer une ponction de moelle sous anesthésie générale et un bilan génétique. Les résultats mirent six semaines interminables à nous parvenir. Dans l'attente, Alessandro avait rejoint le domicile familial, d'un « commun accord » selon la formule consacrée, mais il n'était plus le même. La peur l'étreignait. Il se recroquevillait sur lui-même comme le font le pangolin ou les gloméris face au danger. Il verbalisait très peu la situation, si ce n'est pour justifier son état d'apathie en miroir de celui de Léa : « Quand je pense à elle, c'est comme dans ces cauchemars où tu tentes de courir avec des jambes de plomb, où quand tu veux crier aucun son ne sort de ta bouche. Je me sens comme englué, incapable de réagir. »

Après des semaines d'attente du diagnostic, l'atterrissage fut brutal. Le rendez-vous était fixé à Bretonneau un 3 novembre à 13 h 30. Nous nous y sommes rendus tous les deux en métro, non sans avoir fait une pause au Bel Air, une brasserie proche de l'hôpital. Alessandro commanda un gin tonic et un tartare de saumon qui resta dans l'assiette, moi un verre de saint-romain. Nous étions économes de mots, en phase et complices comme aux premiers jours, tendres et attentifs l'un à l'autre dans cette mauvaise séquence. La consultation était prévue avec le docteur qui avait suivi Léa durant sa courte hospitalisation, mais nous nous sommes retrouvés face à un triumvirat dans la salle de staff du second étage, bâtiment Babinski : le médecin en charge de Léa, le chef de service et une femme qui se présenta comme la psychologue. La cinquantaine, très rousse et à la peau mouchetée, son empathie débordait de sa rousseur. Le rapport de force, trois contre deux, évoquait une annonce douloureuse. Le chef de service ouvrit le ban sans ménagement :

— Messieurs, votre fille est atteinte d'une maladie génétique rare, très rare même : moins de cinq cents cas en France. Une maladie qui affecte les globules rouges non en quantité mais en qualité. En clair, ils ne sont plus à même de transporter l'oxygène jusqu'aux cellules. C'est un peu comme si votre petite Léa subissait des saignées quotidiennes. C'est une affection transmise génétiquement par l'un des parents, mais la transmission est aléatoire. Cela ne veut donc pas dire que vous en portiez le gène. Bien sûr, nous ferons des tests sur vous et sur votre fils. Ce n'est pas du tout une maladie maligne à ce stade mais l'anémie, en l'absence de traitement, peut évoluer vers quelque chose de plus sérieux…

— Plus sérieusement vers quoi ? demandais-je.

— Vers un état leucémique, mais je le répète : ce n'est pas du tout un sujet d'actualité.

La psychologue rousse prit alors la parole avec la tête anormalement penchée en une infinie douceur du regard :

— C'est très important, ce qu'explique le professeur Arnold. Nous sommes en amont de la maladie grave, car le diagnostic a été fait précocement. Les enfants atteints de maladies rares, le plus souvent d'origine génétique, errent parfois des années avant d'avoir un diagnostic précis. Nous allons répondre à toutes vos questions mais puisqu'il s'agit d'une maladie génétique, nous aimerions en savoir un peu plus sur sa famille. Léa nous a parlé lors de son hospitalisation de ses origines, de sa « nounou », de sa « maman kangourou », du Canada et de son frère jumeau. Elle est très touchante de maturité, votre fille, ce qui va l'aider dans les semaines à venir. Elle explique très clairement d'où elle vient avec des notes d'humour : « Je crois qu'ils n'ont pas trouvé de moyen plus simple de faire des bébés, nos pères ! » m'a-t-elle dit.

Le trio soignant s'était tu sur les mots de Léa. Dans la salle de staff s'affichaient des posters de leurs principales recherches, en anglais. La plupart des maladies concernées m'étaient totalement étrangères.

Des maladies rares au pays de la rareté, non enseignées durant mes années d'études de médecine. Impossible d'y retrouver un fil conducteur qui puisse nous aider. C'est Alessandro qui rompit le silence en lâchant ses chevaux d'angoisse :

— On a compris, merci beaucoup à vous, c'est génétique et nous n'y pouvons rien, mais là, on a besoin de savoir : combien de temps Léa va rester ainsi anémiée ? Son frère peut-il être atteint ? Et surtout quels sont les traitements possibles pour elle ? Elle est si petite…

Le professeur répondit en partie, en partie seulement, à notre questionnement :

— Pour votre fils nous allons faire les tests, je vous l'ai dit. Pour Léa, elle n'est pas du tout en danger dès lors qu'elle est suivie et au besoin nous la transfuserons. Pour ce qui est du traitement, je me dois d'être très clair, il n'en existe qu'un seul : la greffe de cellules souches à partir d'un donneur, ou d'une donneuse, génétiquement compatible.

Alessandro et moi détestions ce jargon faussement vulgarisé et trop technique alors que se jouait l'avenir de notre fille.

— On ne comprend rien, même mon mari qui est médecin ! Vous nous dites « rien n'est grave, on est en avance sur la maladie », mais vous nous proposez une greffe de moelle dont on ne sait pas les effets néfastes sur une enfant de 7 ans. Quelles sont ses chances de guérison ? Et que veut dire le mot « cellules souches » ? Où trouve-t-on le donneur ou la donneuse ? Dans quel délai ?

La dame rousse avait avancé son siège au plus près de nous deux. L'inclinaison bienveillante de sa tête se prononçait un peu plus, tel un indicateur de compassion.

— Nous sommes là pour que vous compreniez tout. Ce n'est pas une urgence, mais dès que l'on trouve un donneur ce serait bien de faire cette greffe. Nous vous accompagnerons tout au long du processus, mais je vais laisser le docteur Falquier vous répondre sur les aspects techniques.

Le médecin qui avait suivi Léa jusque-là prit alors la parole. Je n'avais pas remarqué ses tatouages perceptibles dans le cou et au-delà des manches courtes de la blouse où une aile de papillon multicolore s'échappait du blanc. Ni le petit nounours suspendu à son badge rouge qui lui ressemblait. Il rompait avec le standard du médecin hospitalier, il était apparemment plus ouvert.

— On commence par rechercher un donneur dans la fratrie par une simple prise de sang. Son frère a une chance sur quatre d'être compatible dans un système de groupe sanguin que l'on appelle HLA. Si votre petit n'est pas suffisamment compatible ou si le don s'avère impossible, on cherche un autre donneur familial de premier rang, l'un de vous deux ou…

Il ne termina pas sa phrase, suspendue à la recherche d'un substitut du mot « maman ».

— Si la question est celle de la mère porteuse, Charmaine n'a aucun lien génétique avec les enfants.

Nous avons eu recours à une donneuse d'ovocytes, lui précisai-je.

— Et vous pourriez la retrouver ?

Le ciel s'assombrit un peu plus, car nous avions signé un contrat de total anonymat avec « Elle », sans jamais imaginer ce pire qui se profilait et qu'un jour une blouse blanche nous demanderait si on pouvait la retrouver à l'échelle de la planète. Nous en avions à peine discuté ensemble tant nous étions tombés instinctivement d'accord sur ce montage qui mettait à distance la donneuse. La probabilité d'avoir besoin d'elle était de l'ordre du gain à l'EuroMillions. Et pourtant tel fut le cas.

— Non ! répondis-je sans pouvoir livrer le moindre détail, abasourdi.

— Si nous ne trouvons pas de donneur apparenté, il est fait appel à un donneur volontaire inscrit sur des registres internationaux dont le groupe sanguin est le plus proche de celui de votre fille. Le délai de la réponse peut être court, moins de trois mois, comme il peut être aussi parfois long…

Face au déluge d'informations techniques et anxiogènes, et sans avoir consulté Alessandro, nous prîmes congé du trio avec respect. Trop d'émotions aussi. Dès la sortie de l'hôpital j'avisai une Autolib' pour rouler loin de cette réalité qui s'imposait à nous avec violence. Une fois sur le boulevard périphérique, j'empruntai la sortie vers l'autoroute A4 en direction des bords de Marne à la recherche d'une guinguette qui nous permettrait de déjeuner enfin et d'établir un plan de défense. Il nous faudrait aussi trouver les mots justes pour tout expliquer à Léa et Diego dès notre retour. Et ce ne serait pas simple.

15

La ponction sanguine au pli du coude en forme de point d'interrogation révéla qu'aucun de nous trois n'était compatible avec la petite Léa, agrandissant d'autant notre désarroi. Il faudrait donc en passer par la recherche aléatoire d'un(e) donneur (donneuse) anonyme sur un fichier international. « Une aiguille dans une botte de foin », comme le répétait ma mère. Et de nouveau une attente mortifère. À moins de retrouver « Elle », comme une dernière chance dans les dédales des lois de la transmission du *matrimoine* génétique. Nous avions apposé ensemble un mouchoir de regrets sur le choix qui fut le nôtre de signer un contrat avec « Elle » en total anonymat. Aucun de nous deux ne se souvenait réellement pourquoi. Était-ce un trou dans la raquette de notre surinformation ? Une négligence ? L'envie de ne pas avoir une donneuse de plus imprimée dans notre roman familial et de mettre l'infini de l'anonymat complet entre « Elle » et nous ?

Léa s'habituait à ses allers-retours dans la méforme à l'hôpital Bretonneau. Elle posait peu de questions sur notre recherche effrénée d'un donneur. Diego poursuivait ses nuits sans sommeil. Alessandro, s'extirpant de sa position de pangolin, découvrit, pour nous sortir du port de l'angoisse, un site et une base de données internationale, *23andMe.* Une entreprise localisée en Californie, dont le principal produit commercial était un test génétique salivaire vendu aux particuliers (environ 190 dollars) qui permet de trouver des ancêtres ou des parents éloignés et de déceler des prédispositions génétiques à des maladies. Depuis 2021, neuf millions de personnes dans le monde ont autorisé cette société à utiliser leurs informations pour enrichir la base de données. Et accessoirement à la vendre au plus offrant, dont l'industrie pharmaceutique. Alessandro avait décidé de gratter la joue de notre fille, comme une bouteille à la mer vers les rives du code génétique de Léa et ses promesses de vie.

Le site annonçait, dans les clauses d'acceptation, les limites du *process* mais aussi son ouverture vers l'insensé et les rêves d'espérance : *Je comprends que le service 23andMe disponible dans mon pays ne donne actuellement accès qu'à des rapports sur l'ascendance et les traits et à des données génétiques brutes non interprétées et que je ne recevrai aucun rapport sur ma santé. Le test 23andMe PGS utilise un génotypage qualitatif pour détecter certaines variantes cliniquement pertinentes dans l'ADN génomique d'adultes à partir de la salive, dans le but de signaler et d'interpréter les risques génétiques pour la santé et de signaler le statut de porteur [...] Si chaque personne vivant aujourd'hui pouvait retracer sa lignée maternelle sur des milliers de générations, toutes nos lignées se rejoindraient chez une seule femme qui vivait en Afrique de l'Est il y a entre 150 000 et 200 000 ans. Bien qu'elle ait été l'une des milliers de femmes vivant à cette époque, seules les diverses branches de son haplogroupe ont survécu jusqu'à aujourd'hui. L'histoire de votre lignée maternelle commence avec elle.*

La semi -« bonne » nouvelle fut le nombre de personnes à rechercher. *Vous partagez votre ADN avec 1 500 autres clients de 23andMe*, avait-on reçu en guise d'introduction dans le PDF de vingt pages de résultats. La liste se présentait par ordre décroissant de parenté possible :

Ramchurn, « premier cousin », 9,16 % d'ADN partagé, 26 segments,

Li, « cousine germaine », 4,32 % d'ADN partagé, 14 segments,

Bissessur, « premier cousin », 4,06 % d'ADN partagé, 8 segments connectés, etc.

Derrière ces centaines d'ADN partagés en autant de « cousins » potentiels devait se cacher un(e) proche d'« Elle ». Nous tentions de nous en convaincre tant était forte l'idée qu'« Elle », en s'inscrivant sur la liste des donneuses d'ovocytes, avait dû effectuer un prélèvement salivaire permettant de détecter les trois cents maladies génétiques les plus fréquentes, comme cela était exigé par les agences de donneuses. Cela nous semblait mathématiquement imparable. Par chance, cette bouteille à la mer nous conduisit en plein océan Indien. Plus précisément à une concentration de « cousin(e)s » localisé(e)s sur l'île Maurice. Avec une certaine logique, puisque nous avions coché cette case ethnique dans le fastidieux questionnaire du choix de la donneuse d'ovocytes. Plusieurs noms apparaissaient regroupés, permettant sans doute de réduire la liste à quelques familles. Un ami médecin, Marius, originaire de La Réunion mais installé à Maurice, nous guida dans ce dédale nominal. Notre objectif titanesque était de retrouver trace d'une jeune femme de moins de 30 ans ayant vécu et fait ses études au Canada, ayant possiblement voyagé aux États-Unis, dont nous ne savions ni le prénom ni le nom ni la date de naissance. Pour une première étape de recherches téléphoniques, nous épluchions l'annuaire international famille par famille. En fonction de l'intérêt de l'interlocuteur, nous présentions deux versions : la vraie, celle d'une recherche génétique, ou la trame d'un livre en préparation sur la diaspora mauricienne et ses réussites. Nous regroupions le samedi les non-francophones avec l'aide d'Obhiroy, un infirmier de l'hôpital Saint-Michel d'origine mauricienne qui assurait la traduction pour nous aider. L'incompréhension était la norme et les refus légion. Les tentatives d'escroquerie, plus rares, mais nous ne fermions aucune porte quant à une éventuelle rétribution par virement Western Union dès lors que l'information nous permettait d'avancer. Au bout d'une semaine d'appels le portable collé à l'oreille, ce fut notre première touche : Navich nous répondit dans un français coloré d'accent mauricien. Il était le veuf de Gunoo Jayewantet, décédée en 2002 après lui avoir donné quatre filles. Gunoo eut son heure de gloire en étant nommée « meilleur rendement de coupe de canne à sucre » en 1983, titre qui lui valut de figurer dans le *Guinness des records* de l'année. Deux de ses filles avaient étudié entre Calgary et Vancouver, mais les dates ne coïncidaient pas. La touche suivante nous conduisit par mail et téléphone à Moka, cette petite ville du centre de l'île où travaillait une certaine Sanjay citée par plusieurs interlocuteurs comme une Mauricienne d'origine indienne, la trentaine, parlant couramment l'anglais et le français avec une légère pointe d'accent québécois acquise lors d'études de littérature étrangère suivies au Canada. Les dates coïncidaient. Sanjay était guide au sein de la maison Euréka, une vaste demeure créole construite en 1830 qui fut la propriété de la famille de J.M.G. Le Clézio, aujourd'hui devenue musée-restaurant et repaire intermittent de l'association des lecteurs du Nobel de littérature. Dans une vidéo postée sur un site touristique mauricien, Sanjay, une jeune métisse, y vantait l'environnement de ce vestige colonial aux cent neuf portes à l'ombre de la montagne du Pouce. Une demeure marquée par le temps, cerclée de ravines et d'une petite rivière remplie de *camarons*, de *madames Céré* et autres espèces. En quelques clics sur Google, nous l'avions retrouvée bien loin d'Euréka : à l'Institut du monde arabe, sur les bords de Seine. Elle y officiait comme coordinatrice « Rencontre Résidences d'écriture » et accepta de nous parler. Nous l'avions rejointe, avec Léa et Diego, sur la terrasse de l'Institut où on aperçoit Notre-Dame. Confrontée à notre démarche, elle semblait animée par un mélange de défiance et de curiosité. Au téléphone, elle avait tiré la carte « livre sur la diaspora mauricienne », à laquelle elle ne crut pas. Autour d'un café agrémenté de pâtisseries orientales, Alessandro lui expliqua la maladie de Léa et ses propres ascendances mauriciennes. Rien n'était perceptible sur le visage de Léa, qui sortait d'une transfusion de globules rouges vaillants à l'hôpital de jour. Sanjay écoutait avec bienveillance et confirma qu'elle était bien à Vancouver en même temps que nous, mais elle n'était jamais allée à San Diego. Elle n'avait aucune connaissance de ce type de don, elle ignorait tout de cette procréation médicalement assistée, qui est interdite à Maurice. Elle nous éclaira sur la complexité à aborder cette question au regard de la culture mauricienne :

— Je ne sais pas comment vous aider, mais je comprends votre démarche ; c'est un sujet difficile à Maurice qui s'ouvre juste à la PMA et environ une femme sur dix à Maurice recourt à la fécondation *in vitro*. Je le sais car la principale clinique spécialisée est l'Apollo Bramwell à Moka, tout près de la maison Euréka qui m'employait. Et puis notre société est très hiérarchisée, clanique, parfois brutale entre communautés. Et vous êtes deux garçons. Comme vous le savez peut-être, le Code pénal mauricien, qui criminalise la sodomie, laisse peu d'espace de liberté aux gays sur notre île. Vous allez devoir être très prudents dans vos démarches.

Sanjay se montrait distante et bienveillante, en retrait et protectrice. Sans comprendre quelle était sa motivation, dès ce premier rendez-vous nous savions qu'elle serait notre bouée de sauvetage. Sans rien nous promettre et après avoir posé bien des questions sur nos motivations profondes eu égard à la protection de la donneuse d'ovocytes si nous la retrouvions, elle nous fit visiter les méandres de l'Institut. Nous eûmes même la chance d'y croiser Jack Lang, auquel elle nous présenta tout en résumant notre curieuse démarche : « Si je peux faire quoi que ce soit pour vous aider dans votre quête, je le ferai », dit-il.

Nos prises de contact ne furent pas toutes à l'égal de celle de Sanjay. Les réseaux sociaux, Facebook et Twitter, s'étaient emparés de notre histoire. De bonnes âmes avaient voulu nous aider. Nous avions été contactés sur Messenger par Alice qui disait être originaire de Saint-Dizier mais vivant à l'île Maurice. Elle se présentait comme ancienne mère porteuse et disait connaître *beaucoup de femmes intéressées par le don d'ovocytes ou la maternité pour autrui* dans cette région. Elle nous proposait un listing de candidates donneuses, de Maurice ou de La Réunion, pour la somme de 7 000 euros. Nous n'avions pas donné suite et avons appris longtemps après nos échanges sa condamnation. Elle promettait un enfant à deux couples, le remettant lors de l'accouchement à l'un tout en annonçant à l'autre un bébé mort-né. Le tribunal correctionnel de Chaumont l'avait condamnée à un an de prison avec sursis et les couples commanditaires à 2 000 euros d'amende.

S'ensuivit aussi un déluge d'insultes, de messages homophobes, anti-GPA et racistes, un mur de commentaires malveillants sur lequel Alessandro veilla un temps avant de se déconnecter de Twitter : « Le jour où l'on me présente une milliardaire qui par amour d'une femme pauvre ou d'un gay acceptera de porter son enfant… », « Vous avez eu recours à une esclave qui a porté votre enfant moyennant finance, vous n'avez que ce que vous méritez », « L'infantilisation des adultes qui fait désormais la loi a généré des parents qui veulent des enfants comme on a des poupées. Devenues vivantes, ces poupées ont tout pour se transformer en monstres. Vous n'avez que ce que vous avez enfanté », « Les enfants nés de GPA ne devraient même pas exister ; la nature va vous la reprendre », « La GPA est une atrocité, une monstruosité, le summum du consumérisme ». Voilà pour le bas du panier. Le reste était le lot commun des réseaux sociaux peuplés d'insultes qui dépassaient très largement celles de mon père : « Le sida et la variole du singe ne vous ont pas suffi, vous voulez en plus vous reproduire aux frais de la société ? », « À vomir… saleté d'esclavagistes. Donc les riches peuvent désormais se payer deux gosses pour le prix d'un comme on se paye une bagnole de luxe… C'est beau le nouveau monde », « Et si l'enfant ne vous convient pas parce que trop anémique, vous pouvez demander le remboursement, pauvres pédés », « Vous avez déjà eu recours à une donneuse d'utérus, une donneuse d'ovules, et maintenant vous cherchez une donneuse de moelle : vous n'avez pas honte de puiser dans la générosité des autres ? »…

16

Alors que nous étions tous les deux obnubilés par la traque d'« Elle », les enfants parlaient de plus en plus d'eux-mêmes. Ils échangeaient sur leur condition de jumeaux, d'enfants atypiques et sur leur relation à l'autre ; plus qu'à l'accoutumée, devant nous ou lorsqu'ils étaient seuls.

À quelques jours de leurs 10 ans, lors d'une soirée pyjama, avec leurs copains du centre de loisirs Victor et Élise, jumeaux un peu plus âgés, Diego avait réveillé la petite troupe réunie sur deux matelas au sol en vérifiant si Léa dormait. Il avait coutume de le faire depuis qu'elle était entrée dans le monde des visages pâles, la réveillant souvent par son pas lourd et l'ouverture des portes. Il tentait de reprendre le flambeau de vigilance de son daddy. Nous ne dormions pas encore avec Alessandro, qui repartageait mon lit, ce qui ne nous était pas arrivé depuis des années. Cette relation asexuée nous amarrait paradoxalement un peu plus l'un à l'autre et allégeait, en la divisant par deux, l'insoutenable incertitude sur la santé de Léa. « Enlacer n'est pas coucher », aimait à répéter Alessandro. La porte de la chambre étant entrouverte, le dialogue des enfants était audible. Nous écoutions, l'oreille tendue dans un espionnage inversé parents/enfants. Ils s'exprimèrent longuement et dans un langage que nous ne leur connaissions pas, influencés par les plus grands.

— Dis, Léa, pour l'anniv on a pas un blème ? Y en a qui savent rien de notre vie, qu'on a deux darons, pas de daronne et une nounou un peu spéciale au Canada. Ça craint, non, s'ils découvrent tout ça à la maison ?

— Tu me réveilles pas pour ça, c'est dans huit jours ! T'abuses, Diego. Mais de qui tu parles ? Non mais toi tu fais des secrets avec qui, genre ?

— Déjà, à commencer, Alicia elle sait rien…

— Comment ça, Alicia elle sait rien ? s'exclama Victor. Elle est toujours fourrée avec Diego à la sortie de l'école à le regarder comme un *crush*. Tu devrais lui dire, Diego. Sinon la fête sera pourrie.

— On est des humains, pas des extraterrestres, reprit Léa. On en a parlé avec la psy et discuté avec papa et daddy des dizaines de fois. C'est simple : il y a une « nounou » canadienne, les papas, et nous deux, comme dans le livre pour enfants que daddy nous a lu et relu et qu'on connaît par cœur, point barre. Et toi tu te la joues en *secret* dans ton coin. Depuis la fin de CP on avait dit *no secret*, tu t'en souviens, non ? Y en a d'autres encore comme Alicia ?

— Euh… Y a Jean, je ne sais plus ce qu'il sait vraiment. Et Paloma, elle sait juste que nos parents sont homos…

— Jean, c'est pas celui qui comprenait rien à rien avec sa tête de bolos lorsque tu lui disais comment on était nés ?

— Si, c'est lui.

— Vous êtes graves, interrompit Élise, de ne pas leur expliquer… Nous, on a tout compris du premier coup avec Victor.

— Le problème, c'est que chaque fois qu'on me demande comment je suis né, la deuxième question, c'est : « Tu peux répéter, j'ai pas compris ? », tenta d'expliquer Diego. Le dernier à qui j'ai tout raconté c'est Alexis du cirque, le mercredi. Il a dans les 12 ans. Il s'est foutu de moi pendant tout le cours : « Non mais *jure* t'es né d'un sac à ventre en location ? » À la sortie il m'a même demandé si j'étais aussi pédé… On a commencé à se battre, mais l'équilibriste nous a séparés…

— Laisse tomber. La prochaine fois, tu lui dis que nos deux pères vont venir l'attendre à la sortie du cirque…

— D'ailleurs, tu ne viens plus au cirque depuis ? remarque Victor, un peu surpris d'être mêlé avec sa sœur à cette discussion nocturne.

— Diego, on n'a rien choisi du tout. Et personne ne nous a demandé notre avis sur la façon dont nous sommes arrivés là. Si on commence à reculer sur nos différences, on va se faire pourrir. Comme les autres enfants nés comme nous. Mais aussi les adoptés et tous les autres plus différents encore : on est bien là. On existe ni plus ni moins que les enfants nés normalement. Nous ne sommes pas des fantômes, mais des enfants à part entière. C'est aux autres de s'adapter, pas à nous. Toi et moi on a assez donné de ce côté et on a fait nos preuves. Et on a la chance d'avoir deux pères qui nous aiment plutôt qu'un père et une mère qui se bagarrent. La question des envies de nos parents, ce n'est pas notre problème. Ça ne regarde personne. Au moins y en a pas une pour jalouser Charmaine. Et papa et daddy, en dépit de leurs engueulades, assurent grave pour nous. Pas sûre que tes crétins aient tous cette chance.

Le lendemain de cette nuit sans sommeil et pleine d'infos volées, nous nous étions retrouvés tous au petit-déjeuner. C'était un samedi de printemps rare, sans astreinte, sans réunion Zoom et sans activités extrascolaires. Le soleil entrait dans l'appartement par le rooftop et la verrière et laissait peu de place au demi-sommeil. Un matin comme nous n'en avions pas vécu depuis des lustres. Un matin qui sentait bon le sirop d'érable que nous envoyait Charmaine. Alessandro lança maladroitement la conversation dès l'arrivée de Léa, entre ses allers-retours avec le grille-pain :

— Comment ça va se passer pour votre anniversaire, les enfants ?

Léa fut la première à réagir, comme à son habitude. Dans son pyjashort sans forme et fâché avec le lave-linge, elle sentait paradoxalement la préado en pleine forme. On devinait combien l'adolescence serait difficile pour nous. Signe que ce réveil était inhabituel, elle tenait dans la main son doudou, un âne en culottes rouges rapporté de l'île de Ré, dont les oreilles n'étaient plus qu'un souvenir et dont la queue était déjà largement grignotée, âne qu'elle avait coutume de cacher sous ses vêtements, par pudeur. Habituellement ses réveils et ses petits-déjeuners évoquaient plutôt la chanson de Stephen Eicher que le dialogue ouvert et nous pactisions avec son silence. Ce jour-là, Léa répondit avant même d'avoir trempé son mini roulé au chocolat dans le bol de cacao à son prénom :

— On a discuté avec Diego, Victor et Élise cette nuit puisque Diego m'a encore réveillée, le relou. Douze, ça fait trop de copains pour l'anniversaire et puis c'est pas parce qu'on est des jumeaux qu'il faut tout dédoubler. Alicia, Jean et Paloma c'est pas la peine, ils dégagent. On dira que je suis fatiguée et qu'on invite très peu d'enfants. Pour une fois que ma maladie servira à quelque chose.

— C'est la première fois que l'on invite autant d'enfants à la fois : il n'y aura aucun malaise avec l'atypie de notre famille ? Car nous pouvons en parler vous le savez, *no secret*, tenta Alessandro.

C'est Diego qui répondit entre deux gorgées de thé glacé :

— On ne souvient pas toujours de ce que chaque copain ou copine sait de notre vie…

Léa lui coupa la parole :

— *Tu* ne te souviens pas, nuance !

— Qui par exemple ? demandai-je.

— Romina, elle sait juste que j'ai deux pères et pas de mère, mais rien de plus…

Léa écarquillait les yeux en comprenant qu'un quatrième nom était venu s'ajouter à la liste des non-affranchis par son frère :

— Diego, on s'en fout. Si Romina ne vient pas à la fête à cause de notre famille, c'est une grosse *shlag* ! Y a pas de famille 100 % normale. Une famille, c'est un ou deux adultes et des enfants qui s'aiment. Une mère c'est quelqu'un qui prend soin de toi au quotidien, qui t'habille, qui te console quand il faut. Les *daddies* font aussi cela très bien.

Léa ne laissa pas son frère se justifier et s'adressa à nous deux. Elle était remontée comme une pendule suisse et devait bien, ce matin-là, avoir dans les quinze grammes de bonne hémoglobine tant son énergie envahissait le petit-déjeuner :

— Au fait, c'est quoi ces questions de petit-déj, les papas ? Vous écoutez aux portes la nuit, maintenant ? Vous voulez savoir quoi ? Si on est inquiets de voir débarquer tous ces copains et copines dans notre maison ? T'en dis quoi, toi, Diego, parle aussi !

— Ben… j'en dis que ces anniversaires, c'est toujours la foire aux questions pour ceux qui viennent pour la première fois : quels noms y a sur la boîte aux lettres ? Vous n'avez pas de mère du tout ? Et puis ils disent « mère portante » et pas porteuse, ou demandent si on la voit. C'est qui sur les photos ?... D'ailleurs, daddy, tu penseras à rapporter de ton appartement où tu ne vas plus la photo de Charmaine avec nous deux sur son ventre s'il te plaît, c'est plus simple d'expliquer avec.

— Mais vous avez toutes les réponses à votre disposition depuis longtemps ! tentais-je.

— Bien sûr qu'avec Diego on se pose toujours plein des questions, même si on a la chance d'être une famille et que vous veillez sur nous. Et on peut dire que vous nous avez bien attendus. Mais on ne vit pas dans le monde des Bisounours comme certains enfants de vos copains, comme si nous étions nés dans un nid de cigognes. Charmaine, on l'aime sans vraiment savoir mettre des mots dessus. On sait bien que nous sommes nés grâce à des trucs compliqués qu'on comprendra quand on sera plus grands. Ce n'est pas toujours simple. Par exemple, avec Diego, on se demande si on va voir Charmaine toute notre vie ou si elle n'est là que pour nos premières années ? Elle va rester amie de la famille, tata éloignée, marraine ? Parce que là avec le Covid, on l'a pas vue du tout. Et est-ce que vous allez arriver à la retrouver, l'autre donneuse, dont on connaissait même pas l'existence ?

Aucun de nous deux n'eut le courage de répondre à cette salve de questions toutes aussi légitimes les unes que les autres. Surtout la dernière. Diego renchérit à sa façon, plus effacé derrière la diatribe de sa sœur :

— Pour l'anniversaire avec Léa, on ne veut que des copains qui ne viennent pas au zoo. Je préfère ceux qui se jettent sur ma collection de Lego à ceux qui posent des questions débiles. On veut rester des quelconques.

17

Notre Cluedo de la génétique en était au point mort. Pas la moindre piste et de plus en plus de propositions malveillantes moyennant rétribution. Les appels en dehors de l'île Maurice ne donnaient rien. « Elle » demeurait introuvable. « Un point mort qui sentait la mort », selon l'expression d'Alessandro, toujours optimiste. L'anniversaire fut pourtant une réussite de simplicité avec les neuf enfants qui ne posèrent aucune question et Léa pleine de vie qui supportait de mieux en mieux son affection rare. Cinq semaines après notre rencontre à l'Institut du monde arabe, Sanjay nous envoya un mail chargé d'espoir : « J'ai beaucoup réfléchi à votre demande et votre désarroi m'a beaucoup touchée. J'ai peut-être une piste. Pouvons-nous nous retrouver à l'Institut, en terrasse, ce samedi, vers 18 heures ? » Nous nous y sommes rendus cette fois sans les enfants – gardés par mes beaux-parents, venus d'Italie en soutien –, très en avance parce qu'impatients. Sanjay nous rejoignit à l'heure prévue, c'était son jour de congé. Elle entama la conversation en prenant des nouvelles de Léa, qui étaient rassurantes, et sitôt la commande des boissons passée elle en vint directement au corps de son mail :

— Je ne vous en ai pas parlé la dernière fois car j'avais besoin d'être en confiance. Laissez-moi vous expliquer : avec d'autres jeunes Mauriciennes, nous avons un groupe WhatsApp « Studies servi deor », un mélange d'anglais et de créole, pour des filles de la diaspora ayant fait leurs études en dehors de Maurice. Un site créé par deux étudiantes en sciences qui ont fait leur master 2 à Montréal. Donc il y a beaucoup de transplantées vers le Canada, où notre diaspora est très présente. Nous sommes un peu plus de soixante sur l'application. La semaine dernière, il y a eu une discussion sur le financement des études. Ce n'est pas évident, le choix du Canada, à quinze mille kilomètres ; on quitte notre petite île sous les tropiques pour le deuxième pays le plus vaste de la planète avec des hivers longs et froids. L'avion est cher. Le décalage horaire ne facilite pas la communication avec les amis et la famille restés au pays et les retours à Maurice impliquent des dépenses en plus. Et la vie y est très chère pour nous. Bref, chacune débattait des modes de financement de ses propres études, de la bourse privée au travail du soir ou de nuit comme gardienne de parking ou aide à domicile. Et parmi nous, il y en a une qui a posté qu'elle avait rendu un service à un couple moyennant finance, un couple de garçons, a-t-elle même précisé. Sans vouloir en dire plus. Je l'ai connue un peu à Vancouver, mais je n'ai évidemment pas parlé de vous. Par contre j'ai pu vérifier que les dates coïncidaient. Pour moi, c'est possiblement votre donneuse, votre perle rare…

Avec Alessandro, nous ne savions pas s'il fallait rire ou pleurer et si nous pouvions la prendre dans nos bras.

— Mais vous êtes un ange d'avoir cherché et trouvé pour nous… On ne sait comment vous remercier. Et où peut-on la contacter, cette jeune femme ?

— J'ai son nom et son adresse mail qui donne l'information sur son lieu de travail. Elle se prénomme Ourmila. Elle est employée par l'hôtel Héritage Le Telfair à Bel Ombre, un hôtel situé dans le sud-ouest de l'île Maurice, moins touristique que le nord. Mais je ne sais pas du tout quelle fonction elle occupe. C'est à vous de le découvrir.

— Mais comment ? demandai-je, totalement désemparé par la progression soudaine de notre enquête alors qu'Alessandro demeurait mutique.

— Je n'ai pas de conseils à vous donner, mais pour ma part j'éviterais le téléphone ou le mail. Il faut vous rendre là-bas et la trouver. Cela ne doit pas être compliqué une fois dans l'hôtel. Vous êtes très convaincants tous les deux, vous le savez bien. Et puis vous découvrirez le beau côté de l'île Maurice.

Sanjay nous vanta le charme de cette partie de l'île comme si nous devions y partir en voyage de noces. Elle nous conseilla les gorges de Rivière Noire, une escapade à Tamarin dans l'estuaire de la rivière du même nom, la visite de Chamarel et de sa rhumerie, les fleurs de tiaré sur la plage de Bénarès, l'île Plate au nord de l'île et la maison Euréka. Mais nous savions d'instinct que l'un de nous deux irait seul là-bas tenter de trouver puis de convaincre « Elle », nourri d'un espoir démesuré. Avec peu de place pour le tourisme.

18

Nous étions à peine sortis de l'Institut du monde arabe que la décision était prise. Nous marchions d'un pas rapide et synchrone comme deux petits soldats, sans autre raison que l'euphorie devant cette fenêtre entrouverte sur l'avenir de Léa. Arrivés sur l'île de la Cité, nous étions déjà convenus d'un « commun accord » que j'irais seul à Bel Ombre en puisant encore sur mes RTT et dans le livret d'actions hérité de ma mère. Alessandro gérerait les jumeaux avec l'aide de ses parents.

C'était la fin de l'été austral et le début de l'hiver en ce mois de mai. Les billets d'avion sur Air Mauritius et la chambre simple au Telfair affichaient des prix encore abordables. Le vol fut confortable en cette période de l'année et sitôt la relecture terminée du *Chercheur d'or* de J.M.G. Le Clézio, je m'allongeai, profitant de trois sièges libres. N'ayant aucune idée du temps qu'il me faudrait pour retrouver « Elle » et pour la convaincre, je n'avais pas donné de date de départ et mon billet de retour était modifiable.

J'atterris un 1er mai à l'aéroport international, en ce jour férié à Maurice sans muguet ni défilé, pour monter dans le premier taxi disponible et filer vers l'hôtel Le Telfair. Le chauffeur, un hindou, la soixantaine passée, qui s'appelait Pol, arborait un très élégant panama beige qui me rappelait ceux de Philippe, mon meilleur ami aujourd'hui décédé. Durant les quarante kilomètres qui nous séparaient de l'hôtel, il se montra très bavard, me proposant quelques escapades touristiques que je repoussai avec politesse :

— Vous venez à Maurice pour des vacances ?

— Pas du tout, je suis là en repérage, en quelque sorte… Nous souhaitons organiser un congrès de médecins spécialistes ici si nous avons le financement.

— Vous êtes médecin ? De quelle spécialité ?

— Neurologue, c'est-à-dire que je soigne les maladies des nerfs et du cerveau.

— Je ne suis pas du tout un bon client pour vous, vous savez ? Je soigne mes nerfs tout seul…

— Ah bon, et vous faites comment ?

— Par le hatha yoga, vous connaissez ?

— Pas du tout, désolé, je suis nul en méditation. J'en ai fait un peu après des problèmes cardiaques, mais cela ne fonctionnait pas sur moi. Beaucoup de mes patients suivent des cours de yoga ; je n'en retiens pas les différentes écoles.

— Mais ce n'est pas que de la médiation, vous savez ? C'est considéré comme la forme la plus traditionnelle et authentique du yoga. La plus ancienne aussi ; la méthode englobe le yoga postural, la méditation et le travail de la respiration. C'est celui-là que vous devriez prescrire à vos malades, vous savez, docteur…

Une fois traversé le village de Rivière-des-Anguilles, nous avons abordé de nouveau le littoral. Le chauffeur se mit brutalement à rouler dans un nuage de fumée à cheval sur la route et le bas-côté. Puis à ralentir, m'invitant à regarder par la fenêtre un champ de cratères circulaires dans lesquels se rétractaient des crabes au fur et à mesure de notre passage, comme dans un film d'animation :

— Regardez, ce sont des crabes de terre… Ils sortent de terriers dans lesquels ils se réfugient à la moindre alerte. Ils peuvent être menaçants parfois. Si vous arrivez à en attraper un, je vous offre la course.

Nous avons poursuivi notre chemin sans nous arrêter. Pol resta un temps silencieux, pour contempler la végétation et les habitations que je découvrais. La route longeait un lagon couleur d'azur et de nacre et de l'autre côté s'étendaient à perte de vue des tamariniers et des filaos. Le silence fut éphémère :

— Vous venez d'où, monsieur le docteur des nerfs ?

— De France, de Paris plus précisément…

— Ah, dit-il en riant, les Français s'il y a une chose qu'ils savent bien faire, c'est la grève !

— Vous tombez mal, nous n'avons pas le droit de grève ; en tant que médecins de l'hôpital public, on peut juste mettre une bande collante sur nos blouses avec écrit « en grève », mais le travail est le même ou alors on est réquisitionnés.

— Ici en 2019, il y a eu une grève de vos confrères. Ils étaient en colère contre l'idée d'organiser une rotation des médecins afin d'éviter le manque de praticiens. Et contre le fait de travailler quarante heures par semaine.

— Pourtant cela semblait de bonnes mesures. Et comment cela s'est-il terminé ?

— L'État a cédé.

Je tentai de sortir de ces échanges sans intérêt, mais la route était encore longue.

— J'ai lu beaucoup sur votre île avant de venir, des romans surtout, et je cherche à localiser des lieux mythiques de cette littérature. Manifestement, Maurice transcende les écrivains. Mais je ne trouve pas le domaine du Boucan sur les cartes…

— Ah, beaucoup de Français me posent cette question mais le Boucan n'existe que dans l'imagination de M. Le Clézio, contrairement à la maison Euréka à Moka, qui est un musée que vous pouvez visiter.

— Oui, ça je le sais merci, mais comme je vous l'ai dit je ne vais pas pouvoir faire beaucoup de tourisme. Néanmoins je compte bien graviter en VTT autour de l'hôtel pour mon cardio-training.

Le chauffeur qui semblait s'attacher à avoir le dernier mot se retourna en posant son panama sur le siège côté passager, mettant quelques secondes notre sécurité en péril.

— Vous savez que c'est notre plus fameux écrivain, M. Le Clézio ?

— Oui… mais je crois qu'il a au moins la double nationalité.

— Et les Mauriciens l'adorent. Ils en sont très fiers. Surtout depuis son prix Nobel. Il n'a pas la grosse tête. Tous ses cousins d'ici le décrivent comme quelqu'un de très modeste qui n'aime absolument pas se mettre en avant. Je l'ai déjà eu une fois dans mon taxi. C'est un homme très discret.

Quelques badinages plus loin et nous arrivions au portail imposant du Telfair. Le temps de vérifier à l'entrée que je figurais bien sur la liste des *guest* et me voici à la conciergerie. L'hôtel a pour habitude d'attribuer une « gouvernante » à un groupe de chambres, avec laquelle on peut correspondre sur WhatsApp pour obtenir une information, faire une réservation sans se déplacer. Celle qui m'était attribuée se prénommait Indira et avait une dizaine de chambres sous sa gouvernance. Elle serait le gage d'une ouverture vers le reste du personnel. J'avais posé sur ma table de nuit une photo des jumeaux, sans Alessandro pour ne pas tout compliquer. Ce qui permettait d'engager la conversation avec le personnel du *room service* ou du ménage. Et cela ne loupait jamais :

— Ils sont mignons, vos enfants ! Et pourquoi n'êtes-vous pas venu avec eux et la maman ? me demanda Indira lors de sa première visite. Il y a nombre d'activités pour les petits ici et même un Kids club.

— Je suis là pour le travail. Je dois organiser un congrès de médecins sur l'île et visiter les infrastructures. Avec les jumeaux dans les pattes, ce ne serait pas très pratique.

Je m'en tins à cette version qui avait émergé dans le taxi.

Nos échanges par WhatsApp permettaient d'organiser mes journées et de rencontrer le maximum de membres du personnel pour converser et chercher des pistes. La plupart avaient été formés en France, notamment à La Réunion, ou en Afrique du Sud et en Suisse. Le cuisinier délégué à la plancha évoqua quelques membres ayant étudié au Canada.

Indira, qui avait été formée en Grande-Bretagne, venait souvent combler ma solitude lorsque j'étais seul au bord de la piscine et s'assurer que je ne manquais de rien.

— Les enfants me manquent, dis-je, même s'ils m'envoient des textos.

— Elles sont nées à Paris, vos deux petites merveilles ? demanda-t-elle.

— Non, à Vancouver, au Canada, où nous habitions alors. Du coup ils parlent un peu anglais. Vous connaissez le Canada ?

— Non, mais nous avons du personnel dans les gouvernantes qui ont appris leur métier justement à Vancouver, comme Ourmila ou Roopesh, et Navich au *desk*. Pour Roopesh je crois plutôt que c'était à Montréal, car il s'amuse à prendre l'accent.

Ourmila ! À la seule évocation de ce prénom féminin, j'eus bien du mal à maîtriser mon émotion le temps qu'Indira tourne les talons. Cela pouvait bien être « Elle ». J'avais rempli la moitié de mon contrat moral et en rendis compte immédiatement à Alessandro en m'enfermant dans les W-C de la chambre, regagnée à la hâte, de peur d'être écouté. J'en sortis avec une coupe et la demi-bouteille de champagne prise dans le mini bar, alors que le ciel gris descendu de la montagne en direction de la mer envahissait l'horizon.

19

C'est à Maurice que j'ai découvert que le gris était une couleur à part entière. Une belle couleur vivante, comme on le dit d'une langue. Une couleur tout à l'opposé du péjoratif qui lui colle à la texture, du teint grisâtre à la grisaille de la vie en passant par la tenue des employés de pompes funèbres. Loin du gris de la mélancolie et de la solitude, de l'effacement et des tenues des pensionnats rétrogrades. Une couleur caméléon aux frontières incertaines, le gris fusionnant les couleurs et les matières, jouant de mille nuances, du lumineux de la lune au poussiéreux de la cendre. En une variété infinie de nuances, du souris à l'anthracite en passant par le tourterelle, l'ardoise et le flanelle.

Le ciel de Maurice pouvait en quelques minutes décliner avec magnificence ce nuancier. Un peu comme Alessandro, toutes proportions gardées, pouvait passer en un instant du terne et impassible au lumineux. Le gris céleste sortait l'île Maurice du diktat du ciel tout bleu qui attire les touristes du monde entier et envahit les catalogues de vacances. Le soir, des nuages gris rougis par le coucher du soleil ecchymosent le ciel. Le jour où tout est gris n'est pas synonyme de veillée funèbre à Maurice. Quand le ciel se fond avec la mer et les champs jusqu'à repeindre les silhouettes, l'île ressemble à ces photos en noir et blanc dont on interrompt le tirage du bain révélateur.

20

J'avais accepté à contrecœur de m'inscrire à la « sortie dauphins » proposée dans la liste de messages d'Indira pour échouer à 8 heures comme un con devant le bar à coco fermé, frigorifié, et embarquer sur un pneumatique semi-rigide avec trois autres personnes. Ça allait dans le sens des activités que j'étais censé tester, pour la crédibilité. Nous étions sur un de ces pneumatiques de luxe dont l'avant s'ouvre électroniquement en bord de plage, dévoilant un marchepied grotesque pour que le client ne se mouille pas un seul orteil. Je me retrouvai à bord avec deux jeunes Allemands en voyage de noces, scotchés l'un à l'autre, qui ne cessèrent de plonger pour nager en se touchant du bout des doigts et des yeux, à fleur de masques. Une retraitée belge tout en tristesse muette fermait la marche. Je ne sus quelle peine elle comptait noyer dans le grand bleu. Quant à moi, le mal de mer fut mon compagnon… Même l'humour de Maxime-Émilien, notre capitaine, ne put empêcher la sortie maritime de tirer vers l'ennui profond, et nous n'avons vu que trois malheureux dauphins, à l'horizon. Je terminai la navigation de retour les yeux rivés sur mes tongs pour faire passer ce mal qui m'étreignait. La mer avait bon dos ; le mal était plus profond. Le capitaine nous expliqua pour meubler l'échec des dauphins comment négocier la passe entre pleine mer et lagon en attendant une vague sur quatre, sans nous donner la clé de cette algèbre maritime. Il nous précisa entre deux vagues arrière qui renforçaient mon mal de mer comment les courants de la pointe s'opposant aux vents contraires venus de terre expliquaient la dangerosité du lieu que les locaux appellent « Bagdad ».

Je commençais à en avoir assez de jouer la comédie ou de mentir vrai. Léa et Diego me manquaient de plus en plus, malgré les échanges par WhatsApp. Léa ne posait aucune question sur l'issue de mon voyage dans cet hôtel à touristes. Ils m'avaient joint à la descente du bateau pour savoir où j'en étais. Diego voulait absolument que je manœuvre mon smartphone pour une vision à 360 degrés de ce qui m'entourait, tandis que sa sœur ne souhaitait pas me parler.

— Elle dit qu'elle est sur une autre session WhatsApp avec des copines. Elle demande seulement si tu as bronzé. Je te passe daddy ?

— Merci, Diego, je viens juste d'échanger avec lui, ne vous couchez pas trop tard.

Au fond de moi, j'avais peur d'échouer si près du but et que le gris reprenne sa dimension funèbre.

Maintes fois, j'empruntai un des VTT de l'hôtel pour rouler seul le long de la côte, en sortant toujours à gauche en direction de la montagne du Morne, symbole mythique pour les descendants d'esclaves. Je pédalais à vive allure tout le long des champs de crabes de terre qui jouxtaient la route, mais avec humilité, comme le coach à l'institut du muscle me l'avait appris lors de la réadaptation cardiaque qui suivit mon infarctus et qui m'avait rendu accro au vélo. Sur la route du morne, il fallait savoir en cette saison composer avec les averses. Je m'abritais sous les abris de bus avec les locaux sans vélo. Puis je reprenais ma route sans autre but que d'attendre en mouvement. La route étroite, sans piste cyclable, était dangereuse mais les Mauriciens, bien que peu habitués aux touristes à deux roues, étaient bienveillants dans leurs doublements à coups de klaxon. Il fallait simplement savoir se dégager à la hâte sur le bas-côté dès l'approche de deux camions en sens opposé. C'était une manière de me fondre dans le paysage, de connaître un peu les lieux de vie des Mauriciens et pas seulement cet hôtel aseptisé. L'occasion aussi d'imaginer le lieu de vie d'« Elle » et de penser à la façon dont je devais aborder Ourmila, eu égard aux rapports sociaux extrêmement hiérarchisés à Maurice. J'entrais dans les cafés ou les petits commerces en espérant améliorer mon futur premier contact avec « Elle ». Les échanges autour d'une bière locale étaient chaleureux quoique distants.

Les discussions avec les locaux restaient policées. L'île est devenue indépendante après deux dépendances, mais le tourisme n'avait pas du tout abrasé les inégalités, en reproduisant les mêmes hiérarchies, la même société ségréguée qui prévalaient dans les plantations de canne à sucre. Avec l'héritage colonial toujours très présent, comme l'attestaient ces maisons créoles aux varangues bordées de lambrequins lorsque je m'enfonçais un peu plus dans les terres. Le tourisme contribuait à maintenir les inégalités sans réduire les barrières sociales, raciales et intercommunautaires. En tant qu'homme seul, client de cet hôtel de luxe, étranger et blanc, entrer en communication avec Ourmila serait une mission difficile. Au risque de revenir à Paris avec une mauvaise nouvelle comme seul bagage.

Le hasard allait s'en mêler. Hasard qui prit la forme d'un énième message WhatsApp envoyé par Indira : « Je prends quelques jours de congé, c'est une collègue à moi, très compétente, qui prendra le relais. Bonne continuation. » Un long silence s'ensuivit, puis un autre message à diffusion générale, en anglais cette fois : *Dear all, please note that lobster night will be held at* Le palmier *because of weather conditions. We kindly inform our guest accordingly. Thank you.* Signé « Ourmila ». La même Ourmila qui était censée avoir fait ses études à Vancouver et qui m'apparaissait comme une possible planche de salut. Le message ajoutait à la moiteur extérieure. Je répondis en français que ne trouvant aucun menu dans la chambre, j'aimerais bien obtenir quelques explications sur le fonctionnement du *room service*. Dix minutes à peine s'écoulèrent. Dehors, un ciel gris perle accompagnait le mouvement des nuages qui semblaient s'y accrocher quand la petite sonnette de la chambre 104, baptisée « La Gaulette », tinta. Une fois décroché le loquet de sécurité, j'ouvris grand la porte qui donnait sur un immense banian d'Inde qui, dès que l'obscurité se faisait dominante, était entièrement illuminé par l'hôtel, du houppier jusqu'au sol, comme un sapin de Noël. Ourmila m'apparut en contre-jour et en sari rouge relevé d'un foulard multicolore, une fleur de tiaré au-dessus de l'oreille et des cheveux noirs attachés. Plutôt grande, elle tenait à la main une coupe en verre avec quelques fleurs flottantes, une bougie odorante et sous le bras un carnet de notes. Quelques moustiques tigres étaient sortis de leurs abris humides et dansaient autour de sa chevelure. Dès son arrivée, je pus constater à la lumière de l'entrée que sur son badge était bien inscrit « Ourmila ».

— Vous permettez que j'entre ? demanda-t-elle dans un français impeccable, en se dirigeant vers le bureau.

Du tiroir, elle en extrait le guide de l'hôtel, allant à la page restauration pour me montrer un simple QR code que je devais scanner pour obtenir le menu du *room service*.

— Oui, nous avons fait cela depuis le Covid et avons pris cette habitude de diminuer les supports papier, dit-elle comme pour clore l'échange.

J'embrayai sur la crise sanitaire qui avait pourri ma vie professionnelle durant de longs mois et le reste de la vie sociale plus de deux ans afin de maintenir ce début de dialogue comme je soufflais, lors de mes sorties scoutes militaires imposées par mon père, sur le début d'un feu de camp pour en attiser les flammes :

— Cela a dû être très difficile pour vous tous, cette période avec l'île interdite aux touristes, les charters à l'arrêt et l'hôtel fermé ? Avez-vous été aidés suffisamment sur le plan économique ?

— Oh oui, ce fut très compliqué pour nous, mais l'hôtel et l'État ont compensé ce manque à gagner. Pour mon mari qui est chauffeur privé, cela a été beaucoup plus dur. Nous avions commencé la construction d'une maison, mais l'entrepreneur a mis la clé sous la porte. Alors nous vivons au rez-de-chaussée dans la pièce principale en attendant des jours meilleurs. Quel bonheur de voir les touristes revenir ! Je pense que vous n'imaginez pas notre joie à tous. Mais je crois savoir que vous n'êtes pas vraiment là pour le tourisme ?

— Non, effectivement je ne suis pas ici pour visiter votre île magnifique, répondis-je sans en dire plus, anticipant le coup d'après.

Ourmila s'exprimait différemment d'Indira. Plus francophone, elle était moins distante à la fois physiquement et dans ses propos, moins dans ce jeu de rôle impersonnel appris dans les écoles hôtelières. Elle avait répondu sans gêne apparente à ma question sur le soutien économique alors qu'Indira aurait trouvé mon questionnement intrusif. Elle ne fuyait pas le dialogue au-delà des simples questions fonctionnelles. C'est au moment précis où elle demanda si j'avais besoin de quoi que ce soit d'autre, dans l'idée de prendre congé, que ses yeux se posèrent sur la photo attrape-rêves de Diego et Léa :

— Ils sont splendides, vos enfants ! Ce sont des jumeaux ?

— Oui, ils ont aujourd'hui tout juste 10 ans ; c'est la première fois que je me sépare d'eux si loin et aussi longtemps. Ils me manquent terriblement. Et vous, madame, vous avez des enfants ?

— Non, pas encore, mais j'espère que nous allons en avoir, bientôt. Indira m'a dit qu'ils sont nés à Vancouver ? C'est une coïncidence mais j'ai fait mes études hôtelières précisément à Vancouver, durant deux années. C'est d'ailleurs là-bas que j'ai rencontré mon mari.

— À quelle période était-ce ? Nous y étions peut-être en même temps ?

— C'était en 2009-2011, il y a dix ans donc. L'âge de vos enfants. Cela me paraît si loin.

J'étais arrivé au bout de ce dialogue. Mes yeux semblaient lui prendre la main et la tirer vers la sortie, lui dire d'une voix hypnotique et douce, comme dans un rêve : « Viens avec nous, Léa a besoin de toi. Allez, prends l'avion avec moi, là dès demain, ou même ce soir. On s'occupera de tout, pas besoin de bagage, et tu lui sauveras la vie. C'est rien, juste une anesthésie et une piqûre. On te paiera s'il le faut et tu pourras finir ta maison. » Mais vinrent à défiler dans ma tête de terribles doutes. Et si ce n'était pas « Elle » ? Et si elle disait non ? Et si elle n'était pas compatible ? Sitôt ces pensées formées, je tentai de les étouffer. Ourmila perçut la sueur épaisse qui perlait sur mon front. Sans doute une certaine pâleur s'était installée sur mon visage.

— Vous n'avez pas l'air de vous sentir bien. Vous souhaitez que j'appelle l'antenne médicale, monsieur ?

— Non, ça va aller, merci beaucoup, je vais m'asseoir sur la terrasse un moment, au frais. Mais ne partez pas tout de suite, je vous en prie.

Elle alluma la bougie parfumée et une spirale antimoustiques, dégagea la table et l'un des deux sièges de quelques insectes moribonds avec une serviette et m'aida à m'asseoir. Elle revint de l'intérieur avec un verre d'eau qu'elle posa face à moi et se tint à distance, raide, comme l'exigeait sa fonction, les pieds dans l'herbe grasse, dos à la piscine centrale.

— Peut-être est-ce le contrecoup de la sortie dauphins ?

— Non, pas du tout, je vous assure…

— Êtes-vous certain de ne pas vouloir que j'appelle le médecin de l'hôtel ?

— Cela va vous paraître curieux, mais je suis moi-même médecin.

— Alors vous devriez déchiffrer tout ce qui se passe en vous ?

— Ce qui se passe ? Ce qui se passe ?...

Je marquai un temps d'arrêt qui s'éternisa, un peu comme le marin attendant la bonne vague.

— Mais c'est... l'émotion de vous trouver enfin ! osai-je dans un souffle.

— Moi ? Je ne comprends pas du tout, vous devez vous tromper de personne ! s'exclama-t-elle avec un mouvement de recul entre défiance et incompréhension. Ses yeux étaient devenus gigantesques de stupeur tandis que la lueur de la bougie leur donnait un aspect fantasmagorique. Elle semblait ne pas retrouver dans sa formation professionnelle un stéréotype à coller sur la scène où elle était subitement passée de spectatrice à actrice en écoutant mon récit. Aucun précis de savoir-faire hôtelier ne l'avait préparée à une telle situation.

— Je comprends votre désarroi. Ce n'est pas du tout ce que vous imaginez. Écoutez-moi s'il vous plaît, après vous partirez. Le 17 avril 2011, nous avons eu recours avec mon compagnon à des techniques de procréation médicalement assistée au Canada, plus précisément à une mère porteuse, à Vancouver, pour avoir nos jumeaux. Pour cela nous avons eu besoin d'un don de cellules qui venait d'une étudiante de Vancouver ayant des origines mauriciennes, comme leur père. C'était notre choix délibéré. Or notre fille, Léa, à droite sur la photo, est atteinte d'une maladie du sang dont le seul traitement est une greffe. Ni moi ni son frère et pas même mon compagnon ne sommes compatibles avec elle.

C'est pourquoi les médecins nous ont conseillé de chercher la « donneuse », malgré le contrat d'anonymat signé avec elle. Je suis donc là pour la trouver et après des mois de recherche que je vous expliquerai si vous le souhaitez, il y a tout lieu de penser que… cela pourrait être vous. Au-delà de la date plausible, votre réponse à une seule question peut soulager cette attente : Étiez-vous à San Diego à cette date-là ? Car c'est dans une clinique de cette ville qu'a eu lieu l'insémination. Vous n'êtes pas obligée de répondre tout de suite. Mais vous comprenez bien l'enjeu ? Sinon nous n'aurions pas fait toute cette démarche, tout ce voyage, toute cette enquête, toutes ces dépenses. Vous devez vous sentir traquée, acculée ? J'en suis vraiment désolé. Mais nous n'avons plus que vous comme espoir sauf à trouver un hypothétique donneur anonyme dans une base de données internationale, ce qui peut prendre des mois.

De crainte qu'elle ne réponde pas, nie tout en bloc ou s'enfuie en courant pour quitter l'hôtel jusqu'à mon départ, sans un mot, je me concentrai un instant sur l'environnement de la terrasse. L'obscurité s'était imposée, comme si toute l'île n'était que nuit. Seuls les bars étaient agités dans toutes les langues et de tous les alcools. Un peu sur la gauche, dans la bibliothèque, des hommes jeunes s'adonnaient au billard américain sous les regards de femmes lascives. Le personnel de restauration s'affairait dans un mélange de langues. Un groupe de Polonais débordant de testostérone prenait un bain nocturne bruyant avec des jéroboams de champagne posés dans des seaux au bord de la piscine – ce qui n'était pas tout à fait le style de l'hôtel –, jusqu'à ce qu'un agent de sécurité les invite à plus de discrétion, puis à sortir du bassin. Les chauves-souris frugivores prenaient leurs quartiers nocturnes à grand renfort de battements d'ailes dans les palmiers plongeant en surplomb des restaurants extérieurs. Quelques *mousuns*, des frelons locaux reconnaissables à leur queue en forme de traîne de mariée, cherchaient leurs proies.

Quant à Ourmila, la mine opaque, elle s'était affalée sur le fauteuil libre de la terrasse et avait éteint la bougie de peur que sa hiérarchie, ou des collègues, la surprennent dans cette position préjudiciable. Elle avait sifflé mon verre d'eau sans un mot. Son corps semblait plonger comme les racines du banian en coulées de part et d'autre du fauteuil d'été, les bras ballants et ses jambes filiformes allongées sans fin. Son hébétude valait toutes les réponses quant à l'identité d'« Elle ». Après un long silence elle se releva subitement, comme mue par un vérin hydraulique, reprenant sa fonction et toute sa dignité verticale.

— Dites-moi : comment avez-vous donc pu me retrouver ici ? C'est inimaginable ! J'ai l'impression d'être dans un film d'espionnage dont je serais la cible.

Je lui racontai en accéléré de peur de la perdre l'ouverture des enveloppes génétiques, l'analyse envoyée aux États-Unis, l'aiguille dans la botte de foin et le coup du destin de Sanjay et d'Indira. Elle ralluma la bougie en reprenant ses esprits et en remettant ses vêtements en ordre.

— Écoutez, monsieur, ce qui est certain c'est que l'on ne peut pas du tout parler de cela ici. C'est impossible. Il faut que je recueille l'avis de mon mari qui n'est pas au courant. Je vous enverrai un lieu de rendez-vous par WhatsApp. Si je le peux. Je ne vous garantis rien du tout, je ne vous promets rien. Notre vie est déjà très compliquée ici, vous savez ? Et je ne peux pas me permettre de perdre mon travail.

Ourmila repartit côté jardin pour s'évanouir, sans un mot de plus, dans l'ombre et se fondre dans le personnel qui organisait les dîners aux saveurs des diverses cuisines du monde. Je restai là, ne sachant pas dans quel sens le vent allait souffler. Je commandai un repas au *room service* via le QR code : une assiette de saumon fumé et un cheese-cake (sans coulis) avec une demi-bouteille de chardonnay d'Afrique du Sud. Ma tête était vide mais j'étais tellement heureux d'avoir mis un prénom et un visage sur « Elle ». Et de l'avoir localisée. J'imaginais déjà les variations de rose sur les joues de Léa.

Après un second verre, j'appelai Alessandro pour tout lui raconter. Son approche fut moins émotive et plus pragmatique : « Ça y est, on la tient ! »

21

À Paris, Alessandro s'efforçait de masquer son inquiétude vis-à-vis des enfants ; un sentiment de déréliction très inhabituel chez lui. Sa mère m'avait appelé pour en parler. Elle était doublement inquiète en tant que mère et grand-mère. Il sortait plus tôt du travail et avait recommencé à boire en traînant dans les bars gay, ce qu'il n'avait pas fait depuis des années. Y compris dans des endroits *old fashion* comme le Banana Café, proche des Halles.

Léa était de plus en plus connectée avec Charmaine sur les réseaux sociaux. Son niveau d'anglais progressait d'autant. Elles échangeaient sur de l'insignifiant, les influenceuses d'Instagram, les Marseillais contre les Canadiens, la compétition de bûcherons sportifs. Et aussi sur les coiffures et le maquillage. Mais l'essentiel semblait tapi dans l'ombre. Léa disait : « Notre "nounou" doit être inquiète pour moi : elle ne me parle que de bêtises, ce n'est pas son genre. »

J'avais hâte de retrouver cette cohésion familiale que la maladie de Léa, ou tout au moins la promesse d'une maladie, avait rebâtie. Et que notre donneuse d'ovocytes enfin retrouvée pouvait solidifier.

Mes beaux-parents étaient restés à Paris, attentionnés. Ils me confirmèrent que ni Diego ni Léa ne posaient de questions sur le niveau de réussite de ma virée mauricienne. Léa ironisait sur les vacances « en solo/soleil » de son papa et regrettait que notre quartet ne soit pas du voyage. L'un et l'autre laissaient filer leur année scolaire. Les notes s'en ressentaient. Mais comment le leur reprocher tant l'année était compliquée ? Léa avait mis son mouchoir sur ce voyage ; voyage que nous avions présenté comme une chance parmi tant d'autres. Comme si nous avions vraiment le choix. Ma sœur lui envoyait des textos censés l'assurer de sa disponibilité à son égard et de son affection dans cette période difficile. Textos auxquels elle ne croyait pas. Le reste de la famille se terrait. J'avais appris le mariage d'une nièce au mess des officiers de Saint-Augustin dans la rubrique « carnet » du journal *Le Monde*. Mesurant un peu plus ce qu'était le grand écart de nos familles dans cette période où se jouait pourtant une partie de notre vie.

La nuit suivant l'annonce faite à Ourmila, je me réveillai en sursaut. Alessandro avait réussi au fil des ans à me faire apprécier les réveils nocturnes, rythmés par mes insomnies, lorsque nous en profitions pour monter sur la terrasse de l'appartement et boire un verre ou y faire l'amour. Il vint à me manquer, physiquement. Ma sexualité était en mode « pause » depuis des mois. Je composais avec cette absence de relations parce que mon quotidien était obnubilé par « Elle » et Léa. Mais son sexe et ses fesses, pour la première fois depuis des lustres, habitaient mes manques et certains de mes rêves. Sa versatilité aussi. Cette nuit, j'étais seul avec nos attentes, en sueur, ne sachant si cela était dû à la climatisation éteinte ou au vin d'Afrique du Sud à 14,5 degrés. Je sortis sur la terrasse en caleçon et tee-shirt. Les voisins de la 102 étaient aussi de sortie, toutes lumières éteintes, dans la nuit noire que seul un quart de lune tentait de percer, en vain. Nous avons échangé quelques mots en anglais à voix basse. L'homme en peignoir me proposa une cigarette. Je ne fumais pas, mais il me sembla à cet instant qu'accepter était une forme de civilité qui me sortirait quelques minutes de la solitude, comme un lien éphémère. La lueur de la cigarette qui rougeoyait au bord des lèvres éclairait nos visages dans l'intermittence des inspirations. Je reconnus le couple d'Allemands adhésifs de la sortie dauphins. Sans doute venaient-ils de faire l'amour ou s'accordaient-ils une pause nocturne dans leur lune de miel ? J'écoutais le rugissement des vagues qui se brisaient sur la barrière de corail distante à cet endroit de quelques centaines de mètres. Je pris congé des deux tourtereaux et décidai de m'aventurer sur la plage pour la longer après avoir revêtu un bas de jogging. Le sol était humide sous mes pieds nus qui faisaient gémir le sable. Tout était calme et noir jusqu'au liseré blanchâtre de la barre de corail telle une longue guirlande phosphorescente et bruyante posée sur la mer. En marchant à la lumière du smartphone, mes pas chassaient les coucous, ces bernard-l'ermite de l'océan Indien aux belles couleurs que les pêcheurs locaux utilisent comme appâts. Je me repassais au ralenti dans la tête le court instant durant lequel Ourmila s'était fondue dans « Elle ». Avec la peur au ventre que cela l'ait fait fuir à jamais notre histoire. Et que je ne reçoive ni SMS ni proposition de rendez-vous. Peut-être aurais-je dû lui proposer de l'argent ? Plus je marchais le long des hôtels qui se succédaient en bord de mer, saluant çà et là les gardiens de nuit affalés en lisière de sable, plus le doute m'envahissait. Un doute en demi-teinte : comment un être humain normalement constitué pouvait-il refuser l'idée de sauver un enfant ? Une fois le dernier hôtel effacé sur la gauche, les crabes et les coucous se faisaient plus nombreux, menaçant parfois mes pieds nus de leurs pinces tendues dans le faisceau lumineux du téléphone ; je rebroussai chemin et trouvai un transat oublié sur la plage. Malgré l'humidité je m'y allongeai, cherchant désespérément des étoiles dans un ciel d'encre, la main gauche pendante jouant avec le sable fin en écartant les crustacés. Je m'endormis, bercé par le souffle du vent chaud et le rythme du fracas de la mer sur la barre de corail maltraitée par le tourisme de masse et la pollution. Des rêves de sable m'accompagnèrent tout au long de ce bout de nuit, comme autant de symboles de notre instabilité et du temps suspendu à ce voyage. Dans mes rêves, j'étais le marchand de sable de Léa et Diego, les dunes prenaient les visages d'Alessandro ou des jumeaux et semblaient résister au vent, à l'érosion du temps et aux marées.

Je me réveillai cassé. L'aurore était déjà là.

22

Quarante-huit heures sans un signe de vie d'Ourmila. Sans oser poser la moindre question à l'accueil de l'hôtel, de peur d'éveiller des soupçons. Elle était manifestement absente. Je passai ces heures d'attente entre le bar à coco avec ses balancelles en guise de tabourets, la salle de fitness et mes sorties à VTT où je m'enfonçais de plus en plus dans l'arrière-pays. Repassant par la chambre ou le *desk* pour y chercher un éventuel message. Rien que le silence. La note de l'hôtel s'allongeait. Le troisième jour sans nouvelle de notre donneuse, je m'aventurai à VTT dans le cimetière de Baie du Cap, coincé entre la route côtière et un ruisseau saumâtre qui séparait les tombes des champs de canne à sucre. Des tombes modestes aux couleurs pastel constituées d'un simple cadre en plâtre coloré entourant une motte de terre ocre, toutes orientées vers la mer. Comme un embouteillage de voitures d'enfants à pédales dont il manquerait les roues. C'est là que mon WhatsApp se manifesta. C'était Ourmila, avec un texto laconique :

« Monsieur, je vous ai laissé un message dans votre chambre. »

À choisir, j'aurais préféré éviter le *teasing* à cette heure pâle et chaude de l'après-midi. Son message me contraignit à pédaler comme un dingue sur la route côtière pour arriver en sueur dans ma chambre en ahanant, le vélo sous le bras. Sur l'oreiller était posée une petite enveloppe au sigle de l'hôtel, identique à celle du message de bienvenue. À un détail près : un discret morceau de ruban adhésif en scellait le contenu. Pour que des collègues repassant au moment du ménage ne puissent en découvrir la teneur, pensai-je.

Monsieur, je suis bien la personne que vous cherchez mais je ne suis pas certaine de bien comprendre votre demande qui, j'en suis sûre, est tout à fait humainement respectable. Et encore moins de savoir comment y répondre au mieux pour nous tous. J'en ai parlé avec mon mari qui est d'accord pour que nous échangions tous les trois, mais hors de l'hôtel. Dans ce but, nous vous proposons de nous retrouver au restaurant-auberge Le Rochester, à Souillac, demain vers midi. Vous pouvez y aller à vélo. Si cela vous est impossible, merci de m'envoyer un message WhatsApp en mentionnant seulement « impossible pour moi ». Bien respectueusement, Ourmila Bissessur.

Je sentis dans ce message en apparence sibyllin des fumets d'espoir. Son caractère nominatif tout d'abord. Ce n'était pas la signature d'une femme qui comptait fuir notre quatuor avec tout son pathos lourdingue en bandoulière. Celui d'une famille construite comme un polder. Surtout depuis la maladie de Léa. Et nous savions qu'à tout moment, l'eau risquait de nous recouvrir, que notre belle harmonie pouvait un jour quitter son lit. Ensuite ce rendez-vous à Souillac, ville homonyme et jumelée avec ce qui fut une bonne moitié de mon berceau d'enfance. Durant plusieurs années mon père avait aimé nous y emmener, au mois d'août, dans une maison de vacances militaire, au bord de la Dordogne. Il n'y avait là que des enfants d'officiers. Rien en dessous. Papa nous y avait initiés à la pêche en eau douce. Non pas tant dans la Dordogne ou le Lot, mais dans les réserves d'eau ou les lacs dont cette région regorge. Il était patient et pédagogue avec un léger penchant pour l'interdit qui contrastait avec son parcours militaire. Il m'en reste des souvenirs de pêches miraculeuses mémorables. Papa avait repéré un plan d'eau grillagé d'à peine cent mètres carrés en pleine campagne. Était-ce une réserve d'eau ? En tout cas, le sondage qu'il en avait fait avec son fil à plomb attestait une belle profondeur. Au-delà des cinq mètres. Un filet d'eau aux sonorités printanières venu du plus haut des monts en assurait le renouvellement. Il en avait déduit que le moindre poisson avait là toutes les conditions requises pour se reproduire et prospérer. Aucun panneau n'interdisait la pêche mais la clôture valait avertissement. Le grillage et la végétation luxuriante limitaient l'approche avec une canne simple, mais point avec un lancer dont il nous avait équipés. Mon frère aîné avait eu l'autorisation de monter sur le toit de la Renault 16. Notre première expérience fut mémorable : des carpes de plus de deux kilos, des gardons, des truites. Les carpes furent immangeables. La seconde année, le grillage avait été rehaussé, rendant encore plus compliquée cette pêche sauvage. La troisième année, le plan d'eau arborait des panneaux « pêche interdite » et mon père avait renoncé.

23

À première vue, le restaurant-auberge Le Rochester ne ressemblait à rien, posée tel un Algeco au bord d'une route sinueuse qui s'étirait de méandres en lacets vers Bénarès et la rivière aux Anguilles. La bâtisse des années 1960, avec terrasse frontale minuscule et vaste parking, trônait à la sortie d'un virage. On aurait dit un restaurant routier. J'y pénétrai tout en sueur avec une bonne heure d'avance, éreinté par les faux plats de la route côtière qui m'était inconnue dans ce sens-là. Mon accoutrement de cycliste en short cuissard court, le casque fluo à la main, me valut l'offre d'une table au dos de l'établissement, encore vide à cette heure. Une fois traversés le bar puis la salle de restaurant, s'ouvrait une splendide terrasse suspendue, couverte d'une treille et sous laquelle s'écoulait un courant d'eau couleur de ciel, descendu des cascades de Rochester. Le paysage s'éclairait par intermittence, au gré du chassé-croisé des nuages bousculés par le vent au-dessus des cimes. Le bruit de l'eau, vive en cette saison, couvrait en partie celui de la salle où se mêlaient les locaux bruyants et quelques touristes égarés, plus *Guide du routard* que voyageurs du monde. Je m'y installai face à une bière et à la végétation, en prévenant que j'attendais un couple. Je choisis une table à l'angle de la terrasse pour la discrétion et la vue imprenable sur la nature.

Ce rendez-vous sonnait en moi comme un point d'orgue du désir d'enfant d'Alessandro. Il serait la fin de quelque chose et le début d'une autre ère. Sans savoir qui serait quoi. Famille recomposée ou chaos. Il n'y avait plus de temps pour remuer des hypothèses. Je tentai de mettre ma tête au repos, acceptant une nouvelle bière Phoenix à 5 degrés. Je détestais la bière et le goût du houblon. Mais le patron m'avait présenté la Phoenix comme une « blonde d'une douceur parfumée » forte de son slogan : « Nou pays, Nou Labière ». J'y avais perçu l'ombre d'une injonction.

En les attendant, je m'étais rendu aux toilettes pour changer de tenue. Alessandro m'avait envoyé une salve de messages de soutien pour ce rendez-vous qui se terminait par : « Ne sois pas habillé de manière ostentatoire, ni en souillon cycliste. »

J'étais ressorti avec un pantalon d'été en lin d'un de ces gris qui peuplaient mon séjour à Maurice, et une chemise à fleurs. Au retour, j'avais saisi sur le bar un exemplaire de *L'Express* de Maurice. Dans ses pages, il était question de l'impact de la crise économique qui sévissait à Maurice et dont souffraient les enfants dans cette période post-Covid. Les familles mauriciennes les plus pauvres étaient les premières victimes de la hausse incessante des prix. Des parents se privaient afin que leurs enfants ne s'endorment pas le ventre vide. Dans le but de réduire le coût du panier de la ménagère, le gouvernement se tournait vers l'Iran et l'Égypte pour trouver des produits de première nécessité plus abordables. L'île vivait à l'heure du système D. Les Mauriciens, relatait l'article, savent cuisiner avec peu, ou trois fois rien : une boîte de pilchards, des œufs, un oignon, du thym et une ou deux tomates avec un peu de riz forment un cari consistant. Si les saucisses et le poisson frais étaient parfois au menu, cela dépendait des prix. Les Mauriciens surveillaient les promotions. Depuis deux ans, ils se rendaient dans les supermarchés quand étaient proposées des « affaires » sur le riz, le lait et les grains. Sinon ils évitaient d'en franchir le seuil.

La lecture de *L'Express* me remit dans la réalité locale au moment où je cherchais plutôt à m'en éloigner. Me revenaient avec agacement les efforts répétés d'Alessandro pour m'assurer du caractère « éthique » de notre démarche. Tellement « éthique » que j'allais me retrouver dans quelques minutes à négocier l'altruisme d'une employée d'hôtel mauricienne sans enfant pour la survie de notre fille, élève d'une école privée tendance Montessori, à 7 500 euros annuels la scolarité, alors que nous avions déjà aligné plus de six cents fois le salaire moyen d'un Mauricien pour « acquérir » nos jumeaux. Je devais chasser de moi cette culpabilité néo-tiers-mondiste qui n'avait pas de sens. Surtout sur une île plusieurs fois colonisée. Il était bien trop tard pour refaire le parcours à l'envers. Nous reparlerions avec Alessandro de la marchandisation du corps des donneuses qui reste un point incompressible des débats agités autour de la GPA lorsque tout cela serait terminé. Pour l'heure, il n'était pas question d'acheter quoi que ce soit mais de supplier avec élégance une donneuse, jusque-là totalement anonyme, de donner encore plus alors que rien ne l'y contraignait.

Le mari d'Ourmila fut le premier à écarter d'un revers de main vif le rideau de perles multicolores qui séparait la salle intérieure de la terrasse. Marchant dans ses pas, elle le dépassait d'une tête, confirmant ma première impression lors de l'annonce faite à l'hôtel. Léa était partie pour être grande, si la médecine la laissait grandir. Ils étaient tous deux habillés à l'européenne en jean et baskets. Lui portait un tee-shirt avec l'inscription « Miami » en lettres d'or sur fond noir, elle un chemisier de différentes nuances de vert ton sur ton avec le décor végétal qui jouxtait la terrasse. Il se présenta à moi à près d'un mètre de la table, me laissant juste le temps de me lever pour les saluer :

— Bonjour monsieur, je suis Barlen, le mari d'Ourmila. Nous devons je crois nous parler d'un sujet important, dit-il d'un ton solennel.

Ourmila avait cette fois les cheveux détachés, ondulés, et un maquillage discret. Sa peau était encore plus claire au grand jour. Elle se tint en retrait, effacée. Barlen apparut comme un jeune métis d'une beauté portée par un corps félin sous un joli port de tête, des yeux vairons plutôt clairs. Ils semblaient au premier regard former un couple à l'image gracile reflétant parfaitement cette société insulaire métissée. C'est lui qui entama la discussion dans un français teinté d'accent créole tandis que d'autres bières locales arrivaient sur la table. Il commença par s'exprimer en un fondu enchaîné de compassion et de méfiance :

— Avant tout, monsieur, permettez-moi de vous dire combien nous avons été peinés par votre situation familiale. Ourmila et moi sommes très touchés par cette annonce concernant la santé de votre petite fille. Hier nous sommes allés déposer des offrandes de fruits et de fleurs au lac de Grand Bassin et prier pour elle avec l'aide d'un prêtre. C'est un haut lieu sacré de pèlerinage pour les hindous, vous savez ? Semblable au Gange en Inde. Mais connaissez-vous au moins cet endroit magique de Maurice ?

— Oui, bien sûr, mais c'est impossible d'y monter à vélo. Je vais m'y faire conduire, dis-je en tentant d'écourter l'introduction touristique.

Le mari se mit alors à disséquer la carte, plat par plat, en expliquant chacun d'entre eux, sa composition, ses qualités nutritives, son historique et sa représentation culturelle chez les Mauriciens. C'était interminable. J'avais l'impression d'être tombé à la table d'un compulsif de Tripadvisor ou d'un enquêteur du *Guide Michelin*. Mais il n'y avait aucune place possible pour l'impatience dans ce rendez-vous où j'étais demandeur. Je me devais d'écouter sa litanie culinaire et culturaliste qui en d'autres temps m'aurait certainement intéressé. Le serveur trouva le temps de la commande longuet, revenant à plusieurs reprises. Ce Barlen avait sans doute décidé de montrer qu'il était maître du temps, comme ils l'étaient peut-être, l'un et l'autre, de notre avenir.

— Monsieur, je me permets de vous conseiller des plats qui sont assez rares dans les restaurants à Maurice ; ils se retrouvent plutôt dans la cuisine familiale : le cabri massalé, le bœuf au curry, le rôti de porc à l'ananas ou encore le riz frit. Mais vous pouvez opter pour les faratas mauriciens avec de la truite fumée, une crème à l'oignon, de la pomme verte et des poivrons. Ou avec du hareng fumé, des oignons nouveaux, de la chair de tomates cerises et une fine couche de crème. C'est délicieux. Que vas-tu choisir, ma chérie ?

— Je n'ai pas bien faim aujourd'hui, dit-elle comme seule intrusion à découvert.

De palabres en digressions, nous avons enfin passé commande. Je n'avais guère plus faim qu'Ourmila. Le couple s'était rabattu sur un bœuf au curry tandis que j'optais pour une soupe de crabe. En espérant que ce n'était pas de ces crabes de terre affreux qui peuplaient mes balades à deux-roues et certaines de mes insomnies. Commande qui me valut un aparté du mari :

— *Ene bon ti la soup crab pou kummense* la semaine.

L'homme au tee-shirt floridien mit fin aux préambules :

— Savez-vous qu'Ourmila a été très déstabilisée par cette traque d'elle-même ?

Il ne me laissa pas le temps de répondre et ce n'était pas une question, simplement une ponctuation dans son accaparement de la parole.

— Vous devez la croire : elle ne s'est pas cachée, elle n'a pas fui d'éventuelles responsabilités. C'est vous qui avez souhaité ne maintenir aucun lien possible avec elle. Pas elle. Nous tenions à préciser ce point important. Mais avant de commencer cet échange nécessaire, déjeunons et trinquons.

— *Bon lapeti et alavot*, dit-il en levant sa bière.

Je me taisais, attentif, concentré sur l'ingestion de ma soupe de crabe bien trop épicée pour mes intestins de colopathe réveillés par la situation, mais je n'en montrai rien. Ourmila était totalement absente du débat, une vitre sans tain tant elle observait et écoutait mais ne laissait rien transparaître. En tout cas jusqu'au moment où elle déciderait de rompre la glace, espérais-je. Son visage n'affichait ni désaccord ni soutien aux propos de son mari. J'avais la crainte que nous nous profilions vers un retour d'« Elle » anonyme et effacée. Je voyais défiler en accéléré le pire : les chimiothérapies à venir sur le corps d'adolescente de Léa bridant sa croissance. La culpabilité qui serait la nôtre d'avoir voulu des enfants quoi qu'il en coûte. Et qui plus est en nombre pair. Comme une punition divine au royaume de l'homophobie. Je n'y voyais plus rien, comme embrumé dans ce trouble pléomorphe. Je n'entendais plus les mots du mari, mais uniquement l'eau qui descendait de la montagne. Je suivais ses lèvres, le regard fixe, attendant comme un signal l'instant où elles s'immobiliseraient. La sauce relevée de la soupe de crabe m'arrachait la gueule, mais ce n'était rien au regard de l'arrière-goût d'échec qui semblait se profiler. Je sentais le regard d'Ourmila posé derrière sa vitre sans tain sans oser lâcher celui de son mari. Peut-être que tout cela n'était qu'orchestration, un habillage de leur refus. J'aurais tant aimé commander un gin tonic, mais ça n'était pas correct. Je devais me maîtriser et attendre, tapi dans la crainte, mon heure. Celle de la réponse.

Semblant ne point percevoir le malaise induit, Barlen embraya sur les conditions de vie qui étaient les leurs et qu'Ourmila avait déjà évoquées à l'hôtel :

— Vous savez certainement combien la crise du Covid a empêché nos vies ? Surtout que nous sommes issus tous les deux avec Ourmila d'une des cités les plus pauvres de Maurice : la cité EDC. Ces taudis, aujourd'hui en partie rasés, ont été érigés entre les années 1960 et 1980, après le passage de cyclones pour donner un toit aux personnes dans le besoin. Nos parents se sont efforcés de nous y faire grandir malgré la précarité. Nous vivions à deux chemins l'un de l'autre, sans nous connaître. Depuis, la cité de Garde-Rivière-Noire n'a cessé de croître. Génération après génération, les maisons se sont agglomérées les unes aux autres avec, au centre des constructions individuelles, un bâti tout en amiante qui menaçait nos santés. C'est de là que nous nous sommes échappés pour nous retrouver, par hasard, à Vancouver. Pour rien au monde nous ne voudrions retourner à cette vie-là. D'où notre méfiance envers tout ce qui peut venir entraver notre existence. Nous sommes depuis quelques mois dans une période d'embellie et l'on ne peut pas se permettre de perdre notre travail. Ou simplement qu'il soit menacé. Avec Ourmila, nous étions totalement dépendants du tourisme en pleine expansion et aujourd'hui nous devons vivre dans une seule pièce de rez-de-chaussée avec ma mère. Dieu merci, nous n'avons pas encore d'enfant. L'étage des chambres se résume à une terrasse avec quelques fondations métalliques depuis que l'entrepreneur a fait faillite. Nous en cherchons un nouveau, mais la demande dépasse l'offre et nous sommes obligés de négocier les tarifs qui s'envolent sans avoir la certitude que les touristes resteront. Je n'implore pas votre compassion, je souhaite juste que vous compreniez dans quel contexte se situent votre démarche et votre intrusion dans notre vie.

Cette attente était lourde comme le plomb. Mes yeux se perdaient dans le vide, et je ne savais pas si l'un ou l'autre avait perçu combien mon écoute était devenue flottante. Alors que le résidu de mon attention se portait sur les tamariniers, les lèvres de Barlen s'immobilisèrent enfin, comme un film super-8 arrivé en fin de bobine. Le silence s'imposa enfin à notre table, alors que le serveur posait la carte des desserts sans un mot. La terrasse s'était remplie de moitié. Barlen en avait terminé avec sa mise en place. Je n'osais aucune relance. Ourmila était toujours derrière sa vitre. Un couple de macaques se figea devant nous, de ceux qui font des ravages dans les plantations de canne et qui se délectent d'œufs d'oiseaux, avant d'être vendus à l'industrie pharmaceutique une fois sédentarisés par les touristes. Tout n'était soudainement qu'immobilité comme dans les minutes qui précèdent un orage tropical, alors que mon cœur rafistolé battait à cent vingt pulsations par minute. *Stayin' Alive*...

Ce furent d'abord les yeux d'Ourmila qui amorcèrent le mouvement. Elle les ouvrit lentement comme des écoutilles dont émana plus de lumière encore. Sans prononcer le moindre mot. Ils semblaient nourrir mon espoir et faire rentrer Barlen dans sa coquille. Aucun son ne sortit de leurs bouches, si ce n'est pour commander le dessert. Puis les rôles s'inversèrent. J'attendais la sentence quand Ourmila me fixa d'un regard dont je découvrais la palette émotionnelle, mais je ne savais ce qu'il signifiait. Puis elle prit la parole :

— Nous avons réfléchi, mais la décision n'a pas été facile à prendre..., dit-elle avant un ultime silence, comme dans les jeux télévisés où l'animateur doit faire durer le suspense et croître les parts d'audience : « Et le gagnant est... » Je vais tout tenter pour votre petite Léa. Nous allons vous aider comme on le pourra. Mais avant tout, sachez que nous ne voulons pas d'argent. Ce n'est pas notre culture ni notre conception de la vie. Quand j'ai accepté de donner mes cellules, c'était il y a dix ans pour assurer le complément de ma bourse universitaire grâce au dédommagement. J'étais jeune. Je n'aurais jamais imaginé que cela me mènerait à avoir ce genre de déboires. L'énergie que vous avez mise pour avoir ces enfants puis pour me retrouver jusqu'à venir vous fondre dans notre paysage témoigne de l'intensité de votre désir et, je crois, d'une haute conception de la responsabilité de parent qui force notre respect. Dites-moi comment je peux concrètement vous aider ?

J'aurais voulu me lever et les embrasser tous les deux, les serrer dans mes bras, me confrontant à sa stature. Ou faire une danse du singe en farandole comme nous le faisions tous les quatre dans les moments d'allégresse rue des Petits-Oiseaux. Leur dire tout mon bonheur, faire un selfie ou un FaceTime avec Alessandro. Mais la route comportait encore quelques sinuosités imprévisibles. À la place, je rongeais ma lèvre inférieure à l'endroit même où émergeait un herpès labial récurrent lors des moments clés de ma vie.

— Il faudra vous rendre à Paris, pour une prise de sang qui établira si vous êtes compatible avec Léa, répondis-je brièvement, de peur qu'ils se rétractent devant tout obstacle. Mais peut-être est-ce plus simple pour vous de faire le test à La Réunion, les résultats mettant bien quinze jours à arriver ? Ensuite, si par bonheur vous êtes compatible, vous subirez sous anesthésie générale une ponction de l'os de la hanche. Ce n'est pas douloureux du tout et c'est absolument sans danger. Après, vous serez totalement libérée. Nous prendrons tous les frais en charge et vous pourrez loger chez nous durant votre court séjour si vous les souhaitez. Avec votre mari, si vous le décidez. Vous feriez ainsi la connaissance de Léa et Diego. Et d'Alessandro qui sera très heureux de pouvoir placer les quelques blagues en créole qu'il connaît.

Ourmila se tut une nouvelle fois. Ses yeux gigantesques semblaient plonger dans les trouées des arbres. Barlen gardait le silence. Avais-je donné trop d'informations déroutantes en si peu de mots : l'acte médical en deux temps, l'invitation à rencontrer les jumeaux, la question de l'après-don qui se profilerait ? Puis elle reprit le fil du concret :

— La Réunion, c'est une excellente idée. Il me faut pourtant trouver une explication pour mon travail. Et ce n'est pas si simple avec la reprise du tourisme…

— Vous pourriez tout à fait être en arrêt de travail ?

— Mais comment, monsieur ? Ça ne fonctionne pas du tout comme chez vous. J'ai droit à quinze jours de congés maladie par année continue au service de l'employeur, mais nous n'avons pas encore fait d'année continue avec la crise à Maurice. Et jamais un médecin mauricien ne croira en mon histoire.

— J'ai un ami médecin français qui travaille sur l'île. Je lui en parle et cela ne devrait pas poser de problème. Ce n'est finalement pas un faux certificat, dans la mesure où vous allez subir des examens médicaux. Vous permettez que je m'en occupe ?

— Oui, je vous en prie.

Le serveur revint après les desserts avec un digestif asiatique à base de pomme, offert par la maison et servi dans un verre au fond loupe sur une photo de corps dénudé. Comme dans certains restaurants chinois du XIIIe à Paris. J'héritai d'un homme nu. Nous en avons ri et pour la première fois j'ai vu la bouche d'Ourmila en mode panoramique. Barlen demanda l'addition. Je tentai de m'y opposer mais, frisant l'offense, je cédai. Dans l'attente, Ourmila reprit le fil de sa pensée. Elle me rappelait un peu Alessandro avec cette obsession de l'organisation et des tableaux Excel.

— Pour La Réunion, je veux bien que vous organisiez mon bilan et le voyage. La semaine prochaine, je suis de repos. Pour Paris, nous en avons discuté avec mon mari : je viendrai seule et si vous l'acceptez, je logerai volontiers chez vous si les résultats du test sont favorables. Cela me permettra de faire connaissance avec Léa. Voici mon numéro personnel, inutile de laisser des messages sur celui de l'hôtel et arrêtez de faire semblant d'être un touriste ! À l'hôtel, personne n'y croit. Il en est même qui se demandent si vous n'êtes pas venu pour trouver une Mauricienne…, ajouta-t-elle dans un sourire.

Puis le couple se leva dans un hochement de tête synchrone, comme un pas de deux en patinage artistique. Ils refirent le chemin vers la sortie dans un ordonnancement identique à leur arrivée. Le mari effaçant le rideau de perles avec Ourmila dans son sillage, tout en rectitude. Je restai quelque temps encore, goûtant dans le calme qui s'était installé sur la terrasse mon bonheur d'en être enfin arrivé là. J'annonçai la nouvelle à Alessandro en larmes. Dehors la pluie s'était mise à tomber dru comme pour m'accompagner vers ma dernière nuit à Maurice.

24

Une fois rentré à Paris, j'avais bien du mal à me concentrer sur mon activité de médecin dévolu à un secteur d'hospitalisation de treize lits avec des malades lourds, des internes pas finis et des étudiants démotivés. J'avais perdu l'envie et une partie de mes marques de soignant. Au fil des années, mon empathie s'était en partie en liquéfiée dans le siphon de mes accidents de vie. Ma tête était ailleurs, entre l'île Maurice et l'hôpital Bretonneau. Et cela devait forcément se sentir.

Mes collègues, ne comprenant rien de ce que je pouvais vivre en dehors de l'hôpital, avaient la ferme intention de me voir compenser mes absences. De me les faire payer, avec pour certains un relent d'homophobie. Le plus dur était le face-à-face soignant-soigné lors des consultations. Celui où l'on ne peut pas tricher, fondu dans la meute de médecins à la visite. Dans le box exigu de cette consultation qu'attend le malade chronique depuis de longs mois, il n'y a pas de place pour un médecin le genou à terre. Le malade veut vous voir disponible, infaillible. Les plus anciens d'entre eux, décathloniens du parcours de soins, lisent à travers vous. Ils sont tout un régiment, une division, mais dans ces moments-là vous êtes désespérément seul. J'avais certes accès à la mémoire informatique de la base de données, qui renseigne sur ce que vous avez bien voulu saisir. Mais les malades, eux, ont leur mémoire de forme, alors que toutes leurs histoires de malades se mélangeaient dans ma tête. Ce que je vivais devait rester en dehors du box. Ils se souvenaient de quand j'avais été un peu moins à l'écoute, plus distrait, moins précis dans mon analyse ou le diagnostic. Tout était comptabilisé. Ils imaginaient le décès d'un proche, un divorce ou une naissance, mais aucun n'osait me questionner. Ce jeu de non-dit est déroutant pour le malade, qui craint de ne pas être au centre du débat et souhaite ardemment que les problèmes personnels du praticien restent derrière le rideau. Je n'avais annoncé mon infarctus qu'à une poignée de patients, sélectionnés sur des critères affectifs ou par communauté de destins. J'aimais échanger avec certains sur le nombre de stents, le parcours en Samu, le vécu des conseils hygiéno-diététiques. Ou disserter sur leur propre gestion du stress, piochant çà et là quelques méthodes profanes que je m'appropriais. Le lâcher-prise restait une exception, une faiblesse de ma part. Cependant, pour nombre de « mes » malades de cette période-là, la recherche puis l'attente d'Ourmila étaient pressenties comme quelque chose d'important. Suffisamment pour expliquer mon écoute flottante. Pour autant, la raison en était indicible. Je ne me voyais pas révéler le long parcours de parentalité pour riches et ses écueils à des malades atteints de maladie chronique, aux côtés desquels je vieillissais. Je me voyais encore moins parler de Léa, rentrer dans le détail de l'attente douloureuse qui était la mienne depuis des mois ou légitimer mon escapade mauricienne. Les plus attentifs perçurent néanmoins ma dispersion et me le firent remarquer : « Dites, docteur, vous avez l'air bien loin aujourd'hui... Pour la première fois j'ai l'impression que vous me confondez avec un autre malade. Ou peut-être vous êtes-vous trompé de dossier. Ce n'est pas très rassurant. Est-ce la crise de l'hôpital qui vous tracasse ? »

J'aurais préféré simuler l'indifférence, ou leur répondre que je n'étais plus vraiment en forme, mais cela aurait soulevé de l'inquiétude de leur part. Je décidai de mettre tout sur le compte des gardes d'urgence que j'avais été contraint de reprendre, financièrement d'abord, et aussi pour redorer mon blason de médecin absentéiste qui agaçait plus d'un collègue et une partie de ma hiérarchie. Même si mon chef de service, plutôt *gay friendly*, savait tout ou presque des raisons de mes absences prolongées et répétitives. Pourtant je maîtrisais d'habitude cette complexité d'être à la fois praticien et usager de la médecine, mais moins l'impact que cela pouvait avoir sur ma concentration, guettant un signe de

La Réunion ou le moindre indice de dégradation de l'état clinique de Léa que m'annoncerait un appel de l'école ou d'Alessandro.

25

Les résultats du test de compatibilité génétique entre Ourmila et Léa réalisé au CHU Baptiste-Papillon à Saint-Denis de La Réunion étaient arrivés par mail. Deux colonnes sur cinq pages, incompréhensibles pour le non-spécialiste que j'étais, et ce mot de dix lettres en bas de la page 5 :

COMPATIBLE

26

Ourmila avait souhaité que ce soit Sanjay qui vienne l'accueillir à l'aéroport de Roissy terminal 2E. Et aucun d'entre nous. C'étaient leurs premières retrouvailles depuis leurs études communes à Vancouver et elles en avaient profité pour faire un détour par l'Institut du monde arabe. Cela faisait des jours et des jours qu'Alessandro préparait cette arrivée, alternant séances de musculation et gin tonic dans un ratio de 3 sur 1. Les jumeaux avaient compté les minutes qui les séparaient de la sortie des classes, où Alessandro se pointa sans prévenir, à leur grand dam. Malgré la force de l'événement qui l'avait motivé, les jumeaux l'accueillirent comme un « daron relou » qui faisait tache. J'étais rentré de l'hôpital quelques minutes avant que les deux Mauriciennes n'arrivent.

Elles montèrent toutes deux à l'appartement en fin d'après-midi avec une valise roulante énorme. Une fois la porte effacée, ils se précipitèrent pour accueillir « la sauveuse » selon leur propre expression avec une agitation teintée d'émotion à l'idée de la rencontre. C'est Léa, avec son frère collé à ses basques, qui prononça les premiers mots d'accueil, sitôt les bagages posés, en une salve de questions :

— Tu as fait un bon voyage, mais dis-moi tu ne l'as pas fait que pour moi, j'espère ? Et tu es venue seule ? Tu n'es donc pas avec ton mari ? Et qui garde tes enfants ? Comment papa a-t-il fait pour te convaincre ? Et tu n'as pas peur de l'intervention ? Parce que moi, si. Tu resteras un peu avec nous après la greffe ? Et est-ce que tu connais Charmaine, notre mère porteuse ?

Alessandro interrompit ce questionnement oppressant. Il fallait mettre de la lenteur dans cette rencontre. Il libéra Ourmila de l'emprise de Léa, lui proposant de s'installer dans la chambre d'amis et de prendre une douche, ou un bain, après ce vol de onze heures. Il avait préparé un apéritif gargantuesque sur la terrasse, avec des sushis, des tapas, du champagne, des jus de fruits et du Champomy. Avant de s'éclipser, Ourmila ouvrit sa valise pour en extraire des présents pour toute la famille. Elle avait là une maquette en kit d'un voilier mauricien à la coque en bois vernis rehaussé d'un liseré bleu corail et à voile jaune. Chacune des pièces était marquée d'un petit fanion portant un numéro. Il fallait les assembler dans l'ordre croissant pour construire le bateau ; les jumeaux se saisirent du cadeau et grimpèrent sur la terrasse. Pour nous, elle avait rapporté des mignonnettes de différents rhums parfumés de Chamarel. Et un livre original en anglais du botaniste Charles Telfair. Cela paraissait singulier, tous ces cadeaux alors qu'elle en était un à elle toute seule. Ourmila et Sanjay s'éclipsèrent un long moment, puis Sanjay prit congé de nous. Dès l'arrivée d'Ourmila dans le salon, elle fut happée par les jumeaux qui lui proposèrent un retour en arrière avec les multiples albums photos réalisés depuis leur naissance. Aucun de nous deux n'osa s'y opposer et nous nous retrouvâmes seuls face au buffet. Ourmila resta deux bonnes heures avec eux. Alessandro et moi avions terminé les sushis et entamé largement le champagne quand elle remonta sur le rooftop, pour déguster quelques tapas et un verre de jus de fruits.

Pour la première fois Ourmila se livra un peu, répondant au questionnement d'Alessandro.

— On ne sait pas grand-chose de vous à part votre formation au Canada, votre travail à Bel Ombre dont David m'a beaucoup parlé et ce qui était inscrit sur votre fiche de donneuse, mais c'était il y a plus de dix ans. Et pourtant, en acceptant de venir à Paris vous devenez un personnage important de notre vie de famille et une intime de Léa en quelque sorte. Si nous pouvons faire quoi que ce soit pour vous rendre ce voyage à Paris plus agréable… ?

Ourmila l'interrompit :

— C'est déjà bien ce que vous faites aussi pour moi. Et je vous l'ai déjà dit, je ne veux pas d'argent. Et puis donner c'est aussi recevoir et vos enfants dégagent beaucoup d'amour. Je ne rentre pas vraiment dans votre famille. J'y sème quelques graines, c'est tout. Des ovules à San Diego, des globules rouges ici. Comme une semeuse. C'est très valorisant, vous savez, de pouvoir vous aider dans de telles circonstances et je n'ai jamais imaginé vous dire non même si j'ai eu peur pour mon travail. Donner, c'est dans notre culture, c'est dans ma nature. Je suis issue d'une fratrie de onze enfants, j'ai menti sur la fiche de l'agence. Nous nous sommes toujours entraidés. Par exemple, vous pensez que mes études ont été payées par le don de mes cellules ? Mais ce n'était qu'une petite partie. Le reste provenait de mes frères et sœurs, les aînés (six sur les onze), qui ont aussi collecté une cagnotte auprès de la diaspora mauricienne. Et dès qu'il s'agit de la santé à Maurice, la générosité décuple. Pas une semaine sans que les sites de journaux locaux et les réseaux sociaux ne relaient des appels aux dons. Qui pour une transplantation de foie d'un Mauricien en Inde, qui pour une opération du cœur chez un bébé ou la recherche d'un donneur de sang au groupe sanguin très rare. Et ils arrivent à collecter des centaines de milliers de roupies, y compris chez les plus pauvres. C'est incroyable. Grâce à vous je perpétue en quelque sorte la tradition.

— Mais il n'y a pas quelque chose que vous voudriez faire ou voir à Paris ? On peut vous guider ou vous faire accompagner. C'est votre première fois ? insista lourdement Alessandro.

— De Paris je ne connais que l'aéroport de Paris-Charles-de-Gaulle, répondit-elle dans un sourire. Les heures d'attente lors des vols avec escale entre Vancouver et Maurice sur Air Mauritius. Mais ne nous inquiétez pas, j'ai des choses à voir avant de repartir et des petits souvenirs à rapporter.

— Vous allez visiter un monument ou un musée en particulier ?

— Vous allez rire, mais j'aimerais bien voir l'exposition de Nirveda Alleck, c'est une artiste mauricienne. Vous la connaissez ?

— Pas du tout, nous sommes désolés.

— Elle est très connue sur tout le continent africain. Elle expose aussi en France et aux États-Unis. C'est une de nos plus célèbres ambassadrices de la culture créole. Au cours de ses voyages elle photographie les gens qu'elle rencontre, puis les transpose en peinture sur des fonds neutres ou colorés pour les faire vivre. C'est très beau.

— Vous peignez ?

— Ah, j'essaie de la copier. J'aime bien découper des photos dans les magazines et les coller sur un fond coloré, avec nos couleurs mauriciennes. D'ailleurs j'ai promis d'envoyer un petit tableau à Léa.

Puis Ourmila se leva pour prendre congé :

— Cette journée fut longue pour nous tous. Je vous remercie de votre hospitalité, mais je vais aller me coucher.

27

Ce n'était pas qu'un simple goutte-à-goutte. Avec ce rythme métronomique où la goutte bat la seconde dans l'infuseur, soixante fois par minute. Le cathéter dans la veine de Léa était un garde-vie suspendu à son cou. Le liquide visqueux et rouge carmin offert par Ourmila devait assurer sa guérison. Cela faisait dix jours qu'elle était hospitalisée au centre des maladies rares de l'hôpital Bretonneau. Léa faisait front sans se plaindre, résignée. Il fallut des jours pour préparer son organisme à accepter ce don venu d'une autre, là où la génétique a ses règles, ses rejets, ses imprévus malgré la compatibilité établie à La Réunion. Génétiquement, un(e) autre reste un(e) autre.

Depuis la soirée à l'appartement, Léa était convaincue qu'Ourmila allait lui infuser de bonnes cellules habitées de son énergie et de son goût pour la rêverie au milieu des oiseaux tropicaux. Au bout de la tubulure devaient se conjuguer leurs forces de vie communes. Nous étions avec Alessandro dans la chambre, habillés en schtroumpfs hygiénistes, casaque, blouse et sur-chaussures bleues. Chacun avec sa propre gestion de l'angoisse. Lui avait retrouvé la position du pangolin replié sur la main de Léa, lui chantant quelques chansons en italien. J'arpentais le couloir agité, comme un père devant une salle de naissance. Ourmila n'avait pas souhaité retourner à Maurice après le prélèvement et attendait dans le hall avec Diego pendu aux applis de son smartphone. Léa paraissait plus soulagée de goutte en goutte. Les SMS affluaient sur nos téléphones mis en mode silencieux. Léa avait profité de ces jours d'hospitalisation pour se créer un nouveau groupe WhatsApp dont nous étions exclus mais où figuraient Charmaine et Ourmila pour la première fois réunies, ma belle-mère et quelques amies fidèles. Un gynécée en réseau, en quelque sorte. Groupe qu'elle avait baptisé « Les donneuses ». Elle y était connectée durant l'intervention, les médecins avaient seulement exigé que le téléphone soit inséré dans une poche plastique transparente et stérile. La transfusion devait durer « dans les quatre heures ». Cela nous semblait interminable. Et notre impatience était irrationnelle, car les résultats devraient mettre des semaines encore pour nous parvenir. C'est au moment même où l'infirmière est entrée brutalement, alertée par le son de l'alarme et craignant que la tubulure soit bouchée par on ne sait quel obstacle, que mes digues lâchèrent. Je sortis tout à coup de la chambre, feignant un semblant de *moonwalk* pour amuser Léa. Je me précipitai dans les toilettes réservées aux soignants pour vider mon trop-plein d'angoisse. Je chialais comme un gamin. Nous étions passés si près du vide avec Léa que ce périple m'avait anéanti. J'avais trop pris sur moi, ma position de père-médecin, à défaut de m'aider, m'exposait doublement. J'avais détesté la manière dont les spécialistes se positionnaient dans une connivence de médecins alors que je n'étais là qu'en tant que père. Pas pour échanger mécanique du corps humain et considérations sur le « parcours de soins ». J'avais un besoin impératif de faire le vide.

Épilogue

« Les hommes sont des coquilles,
et le ventre des femmes est la coquille
qui contient tous les hommes. »

Jean-Marie Gustave Le Clézio
Cœur brûle et autres romances

Neuf mois s'étaient écoulés depuis l'intervention qui avait fait glisser Léa de funambule instable à guérie virevoltante. Le temps d'une gestation. Elle resplendissait à l'aube de l'adolescence, entraînant son frère dans sa faim de vie. La sixième se déroulait en pente douce pour tous les deux et les informations émanant du collège Dolto laissaient penser qu'ils seraient encore l'année prochaine, « compte tenu des événements », dans la même classe malgré l'obsession pédagogique à séparer les jumeaux.

Léa avait profité de l'épisode crucial de notre cosmogonie pour troquer son âne en culottes de l'île de Ré contre une peluche de dodo, cet oiseau emblématique de l'île Maurice disparu depuis plus de trois cents ans. Disparu dans une certaine schizophrénie mauricienne tant l'animal disgracieux, bossu et pataud, chassé pour sa graisse, est depuis décliné à toutes les sauces touristiques, du tablier de cuisine à la lampe en passant par les coloriages pour enfant sans que l'on trouve aisément les traces et les causes de sa perte. L'animal était devenu la peluche préférée de Léa, qui en avait retrouvé la trace dans le bestiaire improbable d'*Alice au pays des merveilles*, de Lewis Carroll.

Le jeune médecin tatoué de l'hôpital Bretonneau nous avait annoncé que sa maladie n'avait « aucune chance de revenir ». Nous avions apprécié l'utilisation pour une fois à bon escient du mot « chance » par le corps médical. Léa disait à toutes ses copines que le cadeau d'Ourmila injecté dans ses veines et venu du bout du monde avait eu un effet magique sur sa maladie, comme le raccourci « pomme Z » sur son Mac. J'imaginais parfois ce don de moelle larguant ses globules rouges chargés d'oxygène mais aussi un peu plus de racines mauriciennes dans le corps de notre fille. Une image revenait souvent dans mes rêves, celle de nous quatre debout sur une même planche au sommet d'une vague déferlante. Alessandro était resté « encore un peu » à la maison. J'avais retrouvé le chemin de son corps, ses fesses galbées, son thorax glabre et ses mains de femme. La petite Alicia qui revenait faire des soirées pyjama avec les jumeaux avait compris que l'on pouvait faire des enfants sans maman, mais pas sans amour. Mais que c'était plus compliqué, plus long et plus cher. Nous nous étions juré de retourner un jour tous les quatre à Bel Ombre, ce paradis mauricien au nom si singulier avec cet adjectif masculin accolé à un nom féminin. Comme un attelage à la symbolique forte.

En espérant qu'Ourmila serait toujours sur l'île et qu'elle ne saurait jamais qu'on avait affublé sa belle personne d'un impersonnel « Elle ». Alors que son don était presque parfait.

Remerciements

À Betty Mialet qui m'a fait confiance pour ce second roman. Aux papas qui ont bien voulu témoigner de leur expérience de la GPA. Au docteur Said Daneshmand (États-Unis) et au docteur Philippe Mussat (Paris) pour leur éclairage technique. À Marie-Christine Williams-Plouffe, chercheuse et coordinatrice de la chaire de recherche au Canada sur la procréation pour autrui et les liens familiaux (Gatineau, Québec), pour la qualité de nos échanges. À Amélie Trébosc pour son acuité sans faille à la relecture du manuscrit.

À Julie et à mes enfants.

Cet ouvrage a été mis en pages par

<pixellence>

Imprimé en France par CPI
en novembre 2023

Dépôt légal : janvier 2024
N° d'édition : 600371-0
N° d'impression : 177374